L'autel des morts

suivi de

Dans la cage

Du même auteur
aux Éditions Stock

LE TOUR D'ÉCROU, suivi de LES PAPIERS DE JEFFREY ASPERN.

UN PORTRAIT DE FEMME.

LE REGARD AUX AGUETS.

Henry James

L'autel des morts

suivi de

Dans la cage

PRÉFACE DE DIANE DE MARGERIE

TRADUIT PAR
DIANE DE MARGERIE
ET
FRANÇOIS XAVIER JAUJARD

Bibliothèque cosmopolite
Stock

Titre original :

THE ALTAR OF THE DEAD
IN THE CAGE

Préface

Pour Bernard et Colette.

1

Les morts, dans l'univers de Henry James, ont une signification particulière — on pourrait presque dire : une utilité. D'une manière générale, ils apportent aux vivants un surcroît de vie parce qu'à travers le souvenir, ils exaltent l'imaginaire : le héros choisit la réminiscence contre les constructions de l'avenir, le rite contre l'action, le passé contre le présent, les amours défuntes contre les amours possibles.

La mort comme richesse suprême, à la fois fuite et victoire — c'est là un thème fondamental dans l'œuvre de James : aucune nouvelle mieux que *L'Autel des Morts* n'en explore toutes les nuances et les facettes. Le début de ce récit, écrit à Londres en 1894, est construit sur cet équilibre de forces vers lequel tendent presque tous les porte-parole de James, et au cours duquel un manque se transforme en gain. La perte, le vide y changent immédiatement de signe :

la disparition de la fiancée de Stransom, la mort de son amie Kate Creston deviennent l'occasion de les célébrer, et leur présence fantomatique, aimable et douce, ne cesse d'accompagner le héros au cours de sa vie. Cette idée d'enrichissement intérieur est frappante dès les premières phrases du récit à propos de la mort de sa fiancée, Mary Antrim : « Il s'éveillait pour cette fête de la mémoire comme il l'eût fait au matin de son mariage. » Ou encore : « Le plus démuni pouvait édifier de pareils temples de l'esprit, les illuminer de cierges et les parfumer d'encens, les colorer d'images et de fleurs. » Ou enfin, au sujet de Kate Creston, dont Stransom est seul à garder intact le souvenir : « C'était vers lui que l'âme errante de Kate s'était tournée, sachant que c'était à elle qu'il pensait. »

Devant cette interaction des vivants et des morts, qui montre combien les vivants sont plus fidèles, plus riches, plus conscients après l'expérience du deuil, comment ne pas songer aux termes employés par James lui-même, au lendemain de la mort de sa jeune cousine platoniquement aimée ?

Le 29 mars 1870, il écrit à son frère William : « Parmi les tristes réflexions que me suggère la mort de Minny, rien n'est plus triste que le changement progressif, le renversement de nos relations, moi faisant lentement mon chemin, depuis l'inaction et la faiblesse jusqu'à la santé et l'espoir ; elle s'éteignant, loin de la lumière, de la jeunesse, jusqu'au déclin, jusqu'à la mort... Je ne peux pas me défaire de l'idée que, juste au moment où je commence à vivre, sa vie à elle s'éteint. »

Minny disparaît à vingt-quatre ans, minée par la tuberculose, tout comme la fiancée de Stransom : « Il n'y avait pas eu de noces pour la jeune fille qu'il devait épouser. Elle était morte d'une fièvre maligne après que la date du mariage eut été fixée. »

Il est difficile de ne pas voir des correspondances entre ces lettres et le récit : même équilibre métaphorique (le vivant « profite » en quelque sorte du culte des morts) ; même situation psychologique (le deuil est celui d'une « fiancée » demeurée vierge) ; même image d'une flamme symbolique du culte des morts, mais tout autant de l'obstination vitale propre à l'être qui survit ; enfin, ce n'est peut-être pas un hasard si toute la nouvelle est construite autour d'un sanctuaire, d'un autel, d'un « temple » (mot qui revient quatre fois dans le texte), puisque Temple était précisément le nom de famille de Minny. Le lecteur de James sait combien les mots mêmes qu'il emploie sont comme des signes, des points de repère qui renvoient à sa propre vie.

Si, dans *L'Autel des Morts*, le récit se nourrit dès les premières lignes du souvenir de la fiancée disparue, un glissement s'opère aussitôt ; nous quittons la personne de Mary Antrim pour nous occuper de Stransom lui-même, et surtout de son lien avec Hague, cet ami qui l'a mystérieusement lésé, et est devenu à présent son pire ennemi. L'histoire de Stransom ne va plus se dissocier de celle de Hague, tout comme dans les *Autobiographies* de James la vie de Henry et celle de son frère William seront inextricablement liées.

James entreprend le premier volume de ses souvenirs, *A Small Boy and Others,* en 1913, au lendemain de la mort de William. Ce détour (s'analyser à travers son frère qui vient de mourir) permet à James de se ressaisir du passé dans la richesse suprême d'une mémoire qui, selon ses propres termes, « regorge » d'images, d'images qui « pullulent » dans un défi lancé à la « mutilation ». Ici encore, le manque change de signe, l'absence devient présence.

Le début des *Autobiographies* va développer le thème qui secrètement sous-tend *L'Autel des Morts* : celui d'une rivalité entre deux hommes fraternellement proches. Ecrivant ses souvenirs, à peine a-t-il repris possession du terrain de ses « toutes premières perceptions » que l'auteur bat en retraite « devant un frère qui était déjà là », déjà sur terre avant que Henry n'y fît son apparition, et qui semble avoir « gagné une telle avance en seize mois d'expérience du monde » que le cadet ne pourra jamais le « rattraper » ou le « dépasser ». Il semble que désormais la seule façon de remédier à ce manque d'harmonie primordial, douloureusement ressenti par le frère distancé, soit une sorte de symétrie négative grâce à laquelle les comparaisons et les confrontations seront évitées.

Or cette impossibilité de coexister née d'une rivalité — qui est exactement, on le remarque, la situation de Hague et de Stransom auprès de la femme aimée — s'exprime en une scène dont les images rappellent de façon frappante le symbolisme essentiel à *L'Autel des Morts.* Cette scène se place après que James eut raconté comment l'éducation des deux frères fut confiée tout d'abord à un grand nombre de gouvernantes. L'une d'elles, Lavinia, est restée tout spécialement gravée dans son souvenir, peut-être parce qu'elle est liée à une sensation d'humiliation et de défaite : « J'ignorais tout des travaux pratiques, sauf qu'ils exigeaient des capacités particulières. L'endroit où ils avaient lieu était le domaine de William, et je me souviens que j'éprouvais une vive excitation à y surprendre à la dérobée notre gouvernante, qui montrait la façon d'éteindre une bougie. Elle pressait la flamme avec fermeté, entre le pouce et l'index, et, quand je lui dis que je ne voyais pas comment elle y parvenait, elle me rétorqua que j'en serais bien incapable (contrairement à *lui*) parce que j'aurais peur. »

On pressent que James attache à cette image d'une flamme qu'il faut savoir maîtriser une importance qui la dépasse, une signification qui va plus loin que cette scène enfantine. Il est possible qu'entre elle et la situation de *L'Autel des Morts*, il y ait un lien, et qu'elles se répondent à travers les années qui en séparent la composition (1895-1913). On devine alors que la nouvelle exprime des hantises profondément enfouies : le ressentiment, la vengeance, la mort vécue précisément comme fuite et comme victoire, et, de façon poignante et non plus triomphale comme le font d'autres œuvres, le rétablissement, la justification du héros. Comment savoir si, pour un être aussi profondément subtil, vulnérable et « conservateur » par la mémoire que James — qui, de son propre aveu, confère tant d'importance au détail —, cette scène traumatisante de l'enfance, avec tout ce qu'elle concentre de souvenirs douloureux et d'humiliation, n'a pas engendré, sur le plan de l'imaginaire, son contrepoint tardif dans ce récit entièrement tendu vers le fait qu'un homme refuse d'allumer une bougie pour un autre ? Certes, le sentiment d'avoir subi un tort et le désir de s'en venger sont à la base de cette nouvelle : Hague meurt d'une mort où la vengeance s'accomplit de façon exemplaire ; s'il a comme empoisonné son ami en lui causant « un tort irréparable », il meurt lui-même du venin d'un serpent : Stransom n'a pas besoin de se venger de Hague, c'est le destin qui s'en charge. Enfin, comme le remarque si justement Leon Edel, il n'est guère possible de lire *L'Autel des Morts* sans songer aux paroles de l'Evangéliste : « Quand tu présentes ton offrande à l'autel, si tu te souviens d'un grief contre ton frère, laisse là ton offrande et va d'abord te réconcilier avec ton frère. »

Si Stransom ne parvient pas à rejoindre l'harmonie, n'est-ce pas que l'ambivalence de son sentiment pour Hague l'en empêche ? Que cette ambivalence devrait être généreusement vaincue, de même qu'un frère devrait savoir pardonner à son frère, Stransom ne le sait que trop : « L'idée de l'harmonie l'obsédait. Il se dit que l'harmonie était tout. » Il semble bien que l'univers de Stransom soit inséparable de la haine, comme s'il avait vécu avec elle — on est tenté de dire : comme s'il avait *grandi* avec elle, et qu'elle était maintenant si intimement mêlée à sa nature qu'y renoncer serait renoncer à la vie. Car la flamme de la haine ne se confond-elle pas avec la flamme de la vie chez l'homme de ressentiment ? Quel est le tort irréparable, invincible mais « public », que Hague infligea autrefois à Stransom ? Le lecteur ne le saura jamais. Il semble qu'il s'agisse là d'un tort lointain qui se confond avec l'être même — un tort dans la nature même de Hague, que l'on ne saurait préciser ni réduire à une seule action, car c'est toute la personne de Hague qui est coupable, comme c'est toute la personne de Stransom qui se confond avec la rancune : aussi bien le conflit qui oppose Hague à Stransom est-il moins un conflit de caractère que de situation. La clef de leur rivalité se trouve dans le personnage de l'Inconnue. Or celle-ci appartient à un lointain passé : elle est celle qui existe depuis toujours, elle est sans nom et sans visage. Sa silhouette est austère, son visage sévère, son âme fidèle mais implacable. Sa personnalité à la fois exigeante et hautaine se nourrit sans le savoir des amours passées (les jeunes mortes du début du récit) et elle célèbre le culte de celui qui est venu « avant », exigeant de Stransom qu'il y participe. On se demande alors si elle n'incarne pas l'image de l'épouse-mère parfaite qui a déjà donné son amour à ceux-là qui sont venus en premier : le père ou le frère aîné, et si *L'Autel des Morts* n'est pas également, comme *Les Dépouilles de Poynton*, une rêverie sur le thème de la rivalité en face de l'amour maternel dévorant et convoité. La nouvelle dévoilerait ainsi toute la poignante nostalgie de James, hanté de n'être pas né le premier, et de n'avoir pu aimer et vivre qu'en second, en frère cadet humilié.

2

Ecrit en 1898, alors que Henry James décide de se retirer à Rye, *Dans la cage* reflète le sentiment de réclusion que l'écrivain dut éprouver loin de l'activité de la capitale. Tous ceux qui se sont promenés dans la merveilleuse petite ville enserrée entre les collines et la mer, toute en jardins clos, en murs de brique rose et en bow-windows, véritable miracle de sécurité provinciale, peuvent imaginer le contraste entre Mayfair (où travaille la postière du récit), cette jungle où James venait de passer vingt ans, et la calme demeure de Lamb House où l'écrivain installe maintenant ses trésors : son Burne-Jones, ses livres et ses photos de famille. Confronté avec la solitude, James se tourne de plus en plus vers l'adolescence et vers l'enfance : il achève *le Tour d'écrou* dès qu'il entre en possession de sa maison, décrit dans le présent récit les rêveries d'une adolescente prisonnière derrière son guichet, et songe déjà à son roman, *l'Age ingrat*, cette satire du monde qu'il a quitté sans pouvoir oublier l'échec cuisant que vient d'y essuyer sa pièce, *Guy Domville*. Et l'on est frappé de ce que, face au silence, et aux vérités essentielles qui remontent du fond de la conscience, James s'identifie volontiers à de toutes jeunes filles. N'est-ce pas le fait d'une suprême volonté de protection ? Car, si les drames terribles de l'enfance et de la difficulté d'être tuent les petits garçons (Miles, l'Elève, l'enfant dans *l'Auteur de « Beltraffio »*), s'incarner dans l'autre sexe permet de survivre. Le réel (et donc ce que l'on est) devenant meurtrier, ce qui sauve, c'est l'imaginaire et toutes ses transpositions. Ainsi se projeter en femme et se ménager une vie seconde apparaissent-ils liés pour cet écrivain chez qui la virilité fut atteinte par un « mal obscur », sur lequel il ne s'exprima jamais franchement.

Mais, s'il est évident que la curiosité de la postière reflète l'isolement de James dans sa maison de Rye, d'où il ne cessait d'envoyer des télégrammes d'une longueur indéfinie, on se demande si la « cage » n'est pas surtout symbolique de l'état d'enfance, quand, le réel apparaissant d'une complexité déconcertante, l'enfant, à la fois par nécessité et par choix, se replie frileusement mais voluptueusement dans un imaginaire où il est roi. La passivité de la postière vivant par procuration, alliée à sa prodigieuse curiosité qui enregistre tout, les délices qu'elle éprouve à forger des intrigues jusque dans leur moindre détail, évoquent de façon frappante l'attitude de la petite Maisie cherchant à comprendre les activités amoureuses si compliquées de ses parents. On pourrait dire de la jeune employée des postes, condamnée à ne connaître les agissements du « grand monde » qu'à travers le langage cryptique de formules télégraphiques, ce que James disait de Maisie confrontée aux « grandes personnes » : « Le destin de cette petite fille était de voir beaucoup plus de choses qu'elle n'en pouvait tout d'abord comprendre. » Tout, dans les deux récits, est basé sur le regard : « On eût dit que le spectacle se donnait pour elle : petite fille intimidée dans ce grand théâtre obscur », écrit James de Maisie, et il en est de même pour « notre jeune amie » derrière son guichet grillagé, épiant visages et signes sibyllins, à partir desquels elle échafaude un monde purement fantasmatique. Maisie et la postière semblent avoir toutes deux la texture de l'argile — une malléabilité encore prisonnière, mais riche déjà d'une imagination sans frein, même si elles attendent impatiemment la délivrance derrière les barreaux de leur impuissance forcée. Il arrive à la postière de n'avoir qu'une vision fragmentaire de ses clients : tantôt elle aperçoit un visage, tantôt un corps à partir de la taille. Pour Maisie, ce sont ses poupées qui, « dans le demi-jour, commencent à remuer bras et jambes », et « de vieilles formules, de vieux épisodes » qui prennent une signification effrayante : « Elle éprouva un sentiment nouveau, celui du danger et une notion nouvelle crût en elle pour y faire échec, l'idée de la vie intérieure, autrement dit celle du secret. »

Peu de phrases nous paraissent éclairer davantage certaines de ces nouvelles où James s'affirme le maître des ambiguïtés. Car si cette vision de poupées, de silhouettes scindées, si cette perception apeurée du danger rejoint le mystère des phrases hachées et incompréhensibles envoyées par le capitaine Everard et celle que la postière croit être Lady Bradeen — dans ces télégrammes dont on ne saura jamais s'ils recouvrent une histoire de chantage, de jeu ou de crime, ou bien s'ils ne recèlent rien de toutes les horreurs imaginées par la jeune fille follement emportée dans ses affabulations —, il est certain que Maisie et l'héroïne de *Dans la cage* opposent à la vision morcelée d'un monde insaisissable l'unité salvatrice de leur vie intérieure.

Voilà pourquoi, peut-être, le secret demeure souvent entier chez James, et qui explique la présence d'une « énigme de l'énigme », protection suprême élaborée par le moi contre un réel impénétrable. Le secret se sécrète, pourrait-on dire, comme la seiche crache son encre, en une obscure réaction contre l'opacité du monde. Cette opacité, nul doute qu'elle est liée au sexe. Quelles que soient les infamies commises par le beau capitaine, elles sont inséparables de sa liaison avec Lady Bradeen. Quels que soient les talents de « fleuriste » de Mrs. Jordan, et sa connaissance des aristocrates nantis, de leurs goûts et de leurs mœurs, son savoir est lourd des secrets de cette sexualité cachée, si obscure aux yeux de l'innocente postière (on se souvient d'Isabel Archer et de sa puritaine ignorance devant les inventions de Mme Merle). Mais, à vrai dire, les connaissances et la sensualité de la fleuriste ne sont peut-être que le fruit des fantasmagories de la postière : jamais James n'a montré avec plus d'humour jusqu'à quel délire d'interprétation peut aller une nature inquiétée par les vérités qui lui demeurent voilées.

Que le « secret » soit presque toujours lié au sexe, les nouvelles de James ne cessent de l'affirmer ; si le fin mot de l'énigme reste aussi souvent aux seules mains de l'auteur, n'est-ce pas qu'il opère, grâce à l'écriture, et vis-à-vis du lecteur, ce « rétablissement » que nous lui avons vu souvent ménager à ses héros sur le plan romanesque ? L'angoisse et l'incertitude éprouvées par l'enfant (ou la postière) face au monde des adultes, se transforment alors en curiosité frustrée, non plus chez l'enfant, mais chez le lecteur qui, dans un juste retour des choses, est abandonné au sein du mystère. Par cette projection, James adulte tente peut-être de délivrer l'enfant qu'il fut d'une souffrance impuissante dont il ne put se libérer au moment voulu. Loin d'affirmer que le secret n'existe pas dans le récit jamesien, on pourrait penser au contraire que, prolongeant les incertitudes hantées de l'enfance (mais à nos dépens cette fois-ci), l'écrivain a voulu faire de l'énigmatique le moteur même de son œuvre, comme l'incompréhensible a été autrefois au cœur de sa vie.

DIANE DE MARGERIE

L'autel des morts

1

Il avait une mortelle aversion, le malheureux Stransom, pour les anniversaires pauvrement célébrés, et il les supportait encore moins lorsque leur faste était simulé. Les commémorations, autant que les oublis, lui étaient pénibles, et une seule célébration avait trouvé place dans sa vie. Il avait pris l'habitude de célébrer, chaque année, l'anniversaire de la mort de Mary Antrim. Peut-être serait-il plus exact de dire que, chaque fois, il était repris par son souvenir, repris au point de ne pouvoir rien faire d'autre. Ce souvenir s'emparait de lui tous les ans, et le temps avait adouci son emprise sans la diminuer. Il s'éveillait pour cette fête de la mémoire comme il l'eût fait au matin de son mariage. Mais le mariage n'avait rien à voir en la matière : il n'y avait pas eu de noces pour la jeune fille qu'il devait épouser. Elle était morte d'une fièvre maligne après que la date du mariage eut été fixée. Il avait perdu, avant de l'avoir vraiment goûtée, une tendresse qui promettait de remplir sa vie.

Mais il eût été faux de dire que sa vie était entièrement privée du bienfait de cette tendresse : elle était encore régie par un pâle fantôme, encore dominée par une présence souveraine. Il n'avait pas connu beaucoup de passions, et on peut même dire qu'au cours de toutes ces années, aucun sentiment ne s'était plus enraciné en lui que celui d'être dépossédé. Il n'avait fallu ni prêtre ni autel pour faire de lui un veuf. Il avait accompli bien des choses en ce monde, à une exception près : il n'avait jamais oublié. Il avait tenté par tous les moyens de combler le vide de son existence, sans parvenir à en faire autre chose qu'une maison dont la maîtresse était éternellement absente. Elle n'était jamais plus absente qu'en ce jour de décembre choisi par sa fidélité. Le rituel de son culte dépendait de lui seul, et l'entraînait dans de longues randonnées, car le terme de son pèlerinage était éloigné. Elle avait été enterrée dans la banlieue de Londres, en un lieu qui était alors en pleine campagne, mais qu'il avait vu se dépouiller peu à peu de toute verdure. A vrai dire, c'était précisément quand il se trouvait là qu'il la voyait le moins. Ses yeux contemplaient une autre image, s'ouvraient à une autre lumière. Etait-ce un avenir auquel on pouvait croire ? Etait-ce un passé dont on pouvait douter ? Quelle que fût la réponse, c'était une immense évasion loin du présent.

Il est vrai que, s'il n'y avait pas d'autre anniversaire dans la vie de Stransom, il y avait d'autres souvenirs, et, lorsqu'il atteignit sa cinquante-cinquième année, ces souvenirs s'étaient multipliés. D'autres fantômes que celui de Mary Antrim peuplaient sa vie. Il n'avait peut-être pas eu plus de deuils que la plupart des hommes, mais ils avaient compté davantage. Il n'avait pas vu la mort de plus près, mais il l'avait sentie plus profondément. Il avait pris, peu à peu, l'habitude de compter ses Morts. L'idée lui était venue, assez tôt dans la vie, que l'on devait faire quelque chose pour eux. Ils survivaient dans une essence plus simple et plus intense, dans une absence consciente, dans une patience significative, et leur existence restait individuelle, comme s'ils n'étaient que frappés de mutisme. Quand tout sentiment de leur présence avait disparu, quand on cessait d'entendre leur voix, il semblait que le purgatoire commençât pour eux sur cette terre.

Ils demandaient si peu, les pauvres morts, qu'ils obtenaient moins encore, et ils mouraient chaque jour, sous le dur traitement de la vie. Ils n'avaient ni célébrations régulières, ni chapelles particulières, ni honneurs, ni abri, ni sécurité. Les gens les plus avares subvenaient aux besoins des vivants, mais même ceux que l'on disait les plus généreux ne faisaient rien pour les Autres. Aussi George Stransom avait-il pris, avec les années, la résolution de faire, lui du moins, quelque chose pour ses propres morts, et d'accomplir de manière irréprochable la suprême charité. Chaque homme possédait ses morts, et chaque homme disposait, pour s'acquitter de cette charité, des vastes ressources de l'âme.

C'était, assurément, la voix de Mary Antrim qui plaidait le mieux leur cause. Au fur et à mesure que les années passèrent, il se trouva plus souvent en communion avec ses singuliers amis, ceux que, dans ses pensées, il appelait toujours les Autres. Il leur consacra des heures, il inventa tout un rituel. Comment cette idée avait surgi, il n'en savait rien lui-même, mais au cœur de ses espaces spirituels s'éleva un autel perpétuellement éclairé de cierges, voué à ce culte secret. Depuis longtemps, il se demandait avec perplexité s'il avait la foi ; mais il était sûr, et plutôt fier, de ne pas avoir la foi que certains souhaitaient qu'il eût. Peu à peu, cette question se clarifia à ses yeux : la ferveur qui l'avait habité dès son plus jeune âge était simplement le culte des Morts. Il convenait à son penchant, il comblait son âme, il donnait un but à sa piété. Il répondait à son goût des grandes cérémonies, d'un rituel solennel et splendide, car aucun sanctuaire ne pouvait être mieux orné, aucun cérémonial plus imposant que ceux auxquels sa dévotion était liée. De ces rites, il savait seulement qu'ils étaient accessibles à tous ceux qui en éprouvaient le besoin. Le plus démuni pouvait édifier de pareils temples de l'esprit, les illuminer de cierges et les parfumer d'encens, les colorer d'images et de fleurs. La dépense, comme on dit, en incombait entièrement à la générosité du cœur.

2

A la veille de l'anniversaire, cette année-là, le hasard voulut qu'il éprouvât un choc qui n'était pas étranger à cet ordre de sentiments. Alors qu'il rentrait chez lui, à travers les rues de Londres, à la fin d'une journée de travail, son attention fut attirée par une vitrine singulière qui déchirait d'un sourire mercantile l'atmosphère sombre et triste. Quelques badauds étaient rassemblés devant cette bijouterie, où les diamants et les saphirs semblaient rire aux éclats avec des notes aiguës, comme s'ils se réjouissaient de savoir qu'ils « valaient » bien plus que les ternes piétons qui les contemplaient à travers la vitre. Stransom s'attarda assez longtemps pour s'imaginer en train de suspendre un collier de perles autour du cou blanc de Mary Antrim, lorsqu'une voix bien connue le retint encore un instant. Près de lui, grommelait une vieille femme, et, un peu plus loin, se tenait un couple : c'était l'homme qui avait parlé, c'était Paul Creston qui montrait à sa compagne un objet précieux dans la vitrine. A peine Stransom eut-il reconnu son ami que la vieille s'éloigna ; mais alors qu'il pouvait s'approcher du couple, un sentiment étrange l'arrêta au moment où il tendait la main vers le bras de son ami. Cette hésitation ne dura qu'un instant, le temps qu'un doute insensé traversât son esprit : Mrs. Creston n'était-elle pas morte ? L'ambiguïté venait d'une inflexion dans la voix du mari, une inflexion toute conjugale, et de la manière dont les deux silhouettes s'appuyaient l'une à l'autre. Creston, pour mieux examiner la vitrine, avança d'un pas, s'approcha de lui, l'aperçut, sursauta, s'exclama — et cette attitude eut pour effet immédiat de reporter Stransom plusieurs mois en arrière, de le plonger dans la contemplation d'un autre visage, du visage tellement différent que le malheureux lui avait montré la dernière fois qu'ils s'étaient vus, un masque tuméfié, ravagé, penché sur la fosse auprès de laquelle ils se tenaient tous deux. Mais, maintenant, Creston n'était plus en deuil. Il détacha son bras de celui de sa compagne pour serrer la main de l'ami d'autrefois. Tout en souriant, il rougit à la lumière crue de la vitrine, quand Stransom ôta son chapeau devant la dame. Stransom avait à peine eu le temps de voir qu'elle était jolie, qu'il lui fallut entendre une stupéfiante nouvelle :

— Cher ami, laissez-moi vous présenter à ma femme.

Creston balbutia ces mots, mais tout va si vite dans les rapports mondains qu'une minute suffit pour que Stransom ne gardât que le simple souvenir d'un choc. Ils s'attardèrent encore, bavardant et riant, car Stransom avait immédiatement esquivé le coup, se réservant d'y songer dans la solitude. Il se sentit grimacer, exagérer les formules de politesse, tout en croyant défaillir. Cette nouvelle épouse, cette figurante, serait Mrs. Creston ? Mrs. Creston avait été pour lui plus vivante qu'aucune femme, sauf une seule. Le visage de celle-là scintillait autant que la vitrine du bijoutier, et l'heureuse candeur avec laquelle elle jouait son rôle infâme détonnait comme une faute de goût. Il était monstrueux que le rôle de la femme de Paul Creston lui eût été attribué, et Stransom vit bien que son ami avait compris tout ce qu'il éprouvait.

L'heureux couple débarquait à peine d'Amérique et Stransom n'avait pas eu besoin d'en être informé pour deviner la nationalité de cette dame. Cela accentuait encore son air niais, que l'expression affable et gênée du mari essayait en vain de dissimuler. Stransom se souvint d'avoir entendu dire que ce pauvre Creston, encore en deuil, était parti pour les Etats-Unis, en vue d'un « petit changement ». Il avait, en effet, trouvé un petit changement, il l'avait même ramené. C'était le petit changement qui se tenait là, et à son côté, Creston, souriant de toutes ses dents, ne pouvait avoir l'air que d'un âne bâté. Ils allaient entrer chez le bijoutier, expliqua Mrs. Creston, et elle pria Stransom de venir les aider à faire leur choix. Il la remercia, consulta sa montre et prétexta un rendez-vous auquel il était déjà en retard ; alors qu'ils se quittaient, elle cria à travers le brouillard :

— N'oubliez pas de venir me voir dès que vous pourrez !

Creston avait eu la délicatesse de ne rien suggérer de tel, et Stransom espéra qu'il souffrit d'entendre cette invitation clamée à tous les vents.

Il s'éloigna, bien décidé à ne jamais approcher cette femme de sa vie. Elle était sans doute un être humain, mais Creston n'aurait pas dû l'exhiber ainsi sans prévenir, et il aurait même dû la cacher. Du moment qu'il la montrait, il aurait dû prendre les précautions d'un faussaire ou d'un assassin, et personne n'aurait deviné ses origines. C'était une femme pour la façade, pour les voyages à l'étranger ; si Creston avait eu un peu de bon sens, il lui eût épargné le préjudice d'une comparaison. C'est ce que pensa d'abord Stransom avec stupéfaction ; mais, alors qu'il était seul, ce soir-là — il y avait certaines heures qu'il passait toujours seul — sa colère s'atténua pour faire place à la pitié. Il pouvait, lui, passer une soirée en compagnie de Kate Creston, si l'homme auquel elle avait tant donné en était incapable. Il l'avait connue pendant vingt ans, et elle était la seule femme pour qui il aurait pu devenir infidèle à son amour. Elle était toute intelligence, séduction et charme ; sa maison avait été la plus accueillante, et son amitié la plus solide. Il l'avait aimée sans nuages, tous l'avaient aimée sans nuages : elle faisait naître les passions autour d'elle avec la même régularité que la lune attire les marées. Sa bonté pour son mari avait été bien trop grande, mais il n'en soupçonna rien, et jamais elle ne se montra plus admirable que dans l'art avec lequel elle s'efforça d'empêcher tout le monde (dans le cas de Creston, ce ne fut pas difficile) de s'en apercevoir. Voilà l'homme à qui elle avait consacré sa vie et pour qui elle y avait renoncé, car elle était morte en mettant au monde un enfant de lui ; et il avait suffi qu'elle se soumît à ce destin pour — avant même que l'herbe eût poussé sur sa tombe — qu'elle n'existât pas plus à ses yeux qu'une servante remplacée.

La scandaleuse légèreté de cette attitude fit monter des larmes aux yeux de Stransom, et il éprouva ce soir-là un sentiment de plénitude et presque de bonheur à l'idée que lui seul, en ce monde sans pitié, avait le droit de garder la tête haute. Tout en fumant, après le dîner, il tenait sur ses genoux un livre ouvert, qu'il ne voyait même pas. Ses yeux, dans le vide peuplé de choses, semblaient avoir rencontré ceux de Kate Creston, et c'était dans leur tristesse muette qu'il plongeait son regard. C'était vers lui que l'âme errante de Kate s'était tournée, sachant que c'était à elle qu'il pensait. Il se demanda comment les yeux fermés des mortes pouvaient vivre encore, et se rouvrir, dans une chambre paisible éclairée par une lampe, longtemps après leur dernier regard. Comme certains vers des grands poètes, le regard des mortes leur survivait.

Le journal était resté près de son fauteuil, ce journal qui arrivait tous les après-midi et que les domestiques croyaient que l'on attendait. Sans se douter de ce qu'il pouvait contenir, Stransom l'avait machinalement déplié, puis laissé tomber. Il le ramassa avant d'aller se coucher, et c'est alors que cinq mots, en tête d'un paragraphe, attirèrent son attention et le firent sursauter. Il demeura là, devant le feu, le regard fixé sur le titre : « Mort de Sir Acton Hague, K.C.B. » —

l'homme qui, dix ans plus tôt, avait été son meilleur ami, et qui, une fois déchu de ce titre, n'avait pratiquement jamais été remplacé. Il l'avait revu après leur rupture, mais pas depuis des années. Debout devant le feu, il se sentit glacé en lisant ce qui était arrivé. Promu, il y avait peu de temps, gouverneur des îles Westward, Acton Hague était mort, au cours de ce sinistre exil honorifique, des suites d'une morsure de serpent venimeux. Sa carrière était résumée dans le journal en une douzaine de lignes, dont la lecture ne suscita chez Stransom aucun sentiment plus vif que le soulagement de ne voir aucune allusion à leur querelle, qui, du fait de leur participation à d'importantes affaires, avait connu une odieuse célébrité. Publique, en effet, était la blessure que Stransom estimait avoir endurée, et publique l'insulte qu'il avait passivement supportée du seul homme avec qui il eût jamais été intimement lié, l'ami adulé au temps de l'université, plus tard l'objet de sa fidélité passionnée — si publiques qu'il n'en avait jamais parlé à quiconque, si publiques qu'il avait décidé de fermer les yeux. La différence — c'était la seule — avait été la fin de leur amitié. Le heurt de leurs intérêts était indubitablement du domaine privé, mais Hague avait agi aux yeux de tous. Aujourd'hui, il semblait que tout avait eu lieu afin que George Stransom se souvînt de son ami sous le seul nom de « Hague », et découvrît combien ses sentiments s'étaient pétrifiés. Il alla se coucher, glacé, atrocement glacé.

3

Le lendemain après-midi, dans le grand faubourg gris, il sentit que sa longue randonnée l'avait fatigué. Il était resté debout une heure dans le lugubre cimetière. Au retour, ses pas l'avaient machinalement entraîné, par un chemin détourné, vers un quartier désert où aucun cocher ne rôdait à l'affût d'une proie. Il s'arrêta à un tournant et contempla le paysage désolé ; alors il s'aperçut, dans le crépuscule qui tombait, qu'il se trouvait dans une de ces rues de Londres qui sont moins sombres la nuit que le jour, grâce aux réverbères. Le jour, il n'y avait pas de lumières, mais, la nuit, il y avait les lampes, et, dans l'état d'esprit où se trouvait George Stransom, la seule présence des lampes lui parut bienveillante. Elles ne pouvaient certes rien lui dévoiler, mais du moins les voyait-il scintiller. Pourtant, à son étonnement, il finit par distinguer quelque chose : la voûte d'un grand porche auquel menaient insensiblement des marches basses, et qui formait un passage obscur, au bout duquel une portière de cuir sombre, écartée juste au moment où il passait, lui livra la perspective d'une allée ténébreuse, avec, tout au fond, une lueur de cierges. Il s'arrêta, leva les yeux et vit qu'il se trouvait dans une église. L'idée lui vint, puisqu'il était fatigué, de se reposer là ; si bien qu'après un instant, il poussa la portière et entra. C'était un temple de l'ancien culte[1], et on venait de célébrer un office — peut-être un office des morts — puisque le maître-autel était encore illuminé de cierges. C'était un spectacle qu'il avait toujours aimé, et il se laissa tomber sur un siège avec soulagement. Jamais il n'avait mieux senti ce qu'il y a de bénéfique dans les églises.

Celle-ci était presque vide, et les autres autels étaient plongés dans l'obscurité ; un bedeau passait dans la nef, une vieille femme toussait, mais Stransom trouva accueillante cette atmosphère lourde et suave. Etait-ce seulement le parfum de l'encens, ou quelque chose de plus vaste et de plus rassurant ? Du moins avait-il quitté le triste faubourg, pour se rapprocher de ce foyer chaleureux. Il cessa bientôt de se sentir un intrus, éprouvant même un sentiment de communion avec la seule présence proche de lui — la sombre silhouette d'une femme en grand deuil, qu'il voyait de dos, abîmée en prière. Il souhaita pouvoir, comme elle, sombrer jusqu'au fond de son être, et demeurer figé, lui aussi, dans l'immobilité, dans l'extase. Après quelques instants, il se leva ; il devenait indélicat de prêter tant d'attention à cette inconnue. Alors Stransom se perdit

1. Allusion à une des tendances de l'Eglise anglicane (la « Haute » — « High Church »), plus proche que les autres du rite catholique. (N. d. T.)

tout à fait, flottant à la dérive sur cet océan de lumière. Si de tels moments avaient été plus fréquents au cours de sa vie, il se serait plus souvent imaginé le modèle original et parfait, reproduit dans des milliers de temples, du sanctuaire idéal qu'avait conçu son esprit. Ce sanctuaire n'avait d'abord été qu'un reflet des pompes liturgiques, mais l'écho avait fini par devenir plus distinct que la musique. A présent la musique résonnait, le modèle idéal resplendissait de tous ses feux avec une splendeur mystérieuse où pouvaient s'allumer des intentions innombrables. Pour Stransom, l'autel devint peu à peu son propre autel, et l'étoile de chaque cierge un vœu particulier. Il les compta, les nomma, les groupa : il battit le rappel silencieux de ses morts. Ils prodiguaient tous ensemble une intense clarté, devant laquelle la chapelle virtuelle de son esprit s'estompa au point qu'il se demanda s'il ne trouverait pas une paix véritable dans un acte réel, dans un culte visible.

Cette pensée s'empara de lui, tandis que, non loin de là, la femme en deuil demeurait plongée dans ses prières. Comblé d'une joie parfaite, il se leva brusquement, dans l'exaltation soudaine d'un projet. Il erra sans bruit dans l'église, s'arrêtant devant les diverses chapelles, qui étaient toutes, sauf une seule, vouées à une intention particulière. Ce fut dans cette chapelle sombre et désaffectée qu'il s'attarda le plus longuement, le temps de rêver à la riche apparence que sa générosité lui donnerait. Il n'avait à l'arracher à aucun autre rite, il ne l'associerait à rien de profane ; il la prendrait simplement telle qu'on la lui céderait et en ferait un chef-d'œuvre de magnificence, une montagne de feu. Entretenue toute l'année avec vénération, entourée par l'atmosphère sacrée de l'église, elle serait toujours disponible pour son culte. Il y aurait des difficultés, mais dès le début elles lui semblèrent aisées à surmonter. Même pour quelqu'un d'aussi peu initié que lui, la chose pourrait s'arranger. Il imaginait tout d'avance, et surtout quelle clarté cette chapelle lui apporterait dans les intervalles de ses occupations et à l'heure du crépuscule, quelle sécurité elle lui donnerait toujours en gage, dans l'indifférence universelle. Avant de quitter l'église, il revint sur ses pas, là où il s'était assis, et croisa la femme qu'il avait vue en prière, qui maintenant se dirigeait vers la porte. Elle passa rapidement devant lui, et il n'eut qu'une vision fugitive de son pâle visage et de ses yeux sans expression, presque sans regard. En cet instant, elle lui parut éteinte et superbe.

Ainsi naquirent les rites, qui, pour devenir visibles, n'en demeurèrent pas moins ésotériques, que Stransom put enfin célébrer. Il lui fallut longtemps, il lui fallut un an, et les procédés qu'il employa pour arriver à ses fins, comme le résultat qu'il obtint, auraient donné, à quiconque eût deviné le secret, la preuve de sa ferveur. Mais, en fait, personne n'était dans le secret, sauf les ecclésiastiques doucereux dont il avait aussitôt fait connaissance, dont il avait surmonté les objections avec patience, suscité la curiosité et la sympathie avec savoir-faire, emporté peu à peu l'acquiescement à son étrange prodigalité, et qui lui avaient demandé des dons en échange d'indulgences.

Au début de ses démarches, Stransom avait naturellement dû en référer à l'évêque, et l'évêque s'était montré délicieusement humain, l'évêque avait paru charmé. La réussite du projet fut, en tout cas, certaine à partir du moment où l'attitude des intéressés devint libérale en réponse à ses libéralités.

L'autel et la petite chapelle qui l'entourait, consacrés à ce culte visible et familier, devaient être magnifiquement entretenus ; les seules choses que Stransom tenait à décider lui-même étaient le nombre de cierges et le choix de ses intentions. Quand le cérémonial fut parfaitement fixé, le plaisir qu'il en retira dépassa tous ses espoirs. Il aimait rêver à son culte lorsqu'il était éloigné de l'autel, et se persuader de son efficacité lorsqu'il s'en rapprochait. Il habitait assez loin de l'église pour qu'une visite à sa chapelle nécessitât la patience d'un pèlerinage, mais le temps qu'il vouait à son culte finit par lui paraître contribuer à ses autres intérêts, plutôt que les trahir. Même une vie surchargée pouvait devenir plus légère si l'on y ajoutait une obligation nouvelle. Mais à quel point sa vie devint plus légère, ils ne le devinèrent jamais, ceux qui, connaissant ses disparitions, donnaient une explication vulgaire à ce qu'ils appelaient ses plongées. Ces plongées l'entraînaient en des profondeurs plus calmes que les profondes cavernes de la mer, et, après un an ou deux, son habitude était devenue celle à laquelle il eût le plus difficilement renoncé.

Ses Morts possédaient maintenant quelque chose qui était irrévocablement à eux, et il aimait penser qu'ils pourraient parfois devenir les Morts des autres, tout comme les Morts des autres pourraient être invoqués dans le cadre du rituel qu'il avait créé. Tous ceux qui s'agenouilleraient sur le tapis qu'il avait fait étendre participeraient à l'esprit de son culte. Chacune de ces lumières avait pour lui un nom, et de temps à autre s'allumait une nouvelle flamme. Sa croyance essentielle était qu'il y aurait toujours place pour Eux tous. Les fidèles qui passaient ou s'arrêtaient ne voyaient là que le plus resplendissant des autels, soudain ranimé, devant lequel un homme d'un certain âge, visiblement fasciné, se tenait souvent assis, plongé dans une rêverie ou un demi-sommeil. Mais une part du bonheur que ce lieu procurait à cet adorateur mystérieux et fantasque venait de ce qu'il y retrouvait les années de sa vie écoulée, les liens, les affections, les luttes, les échecs, les conquêtes (à supposer qu'il y en eût), un récit de ce périple aventureux dont la naissance et la rupture des affections humaines marquent les étapes. Il éprouvait en général peu de goût pour son propre passé ; à d'autres moments, en d'autres lieux, le passé lui paraissait surtout pathétique et irréparable, mais en l'occurrence, devant son autel, il l'acceptait joyeusement, comme on supporte un mal qui commence à céder à la guérison. Un moment vient où la maladie de la vie cède à la guérison du temps, et c'était en ses heures de méditation que cette vérité lui apparaissait le plus clairement. Il voyait là inscrit le jour où, pour la première fois, il avait fait l'apprentissage de la mort, et chacune des phases de cet apprentissage était marquée par une flamme.

Les flammes étaient à présent plus nombreuses, car

Stransom avait pénétré dans ce sombre défilé qui mène vers la tombe, et où quelqu'un meurt chaque jour. C'était hier seulement qu'il avait allumé la flamme blanche de Kate Creston, et déjà de nombreux feux étoilés scintillaient au bout des cierges. Certains êtres, auxquels il n'avait porté que peu d'intérêt, lui étaient devenus plus proches en entrant dans cette communauté. Il les comptait de nouveau, un à un, au point de se sentir pareil au berger qui dénombre son troupeau et sait reconnaître les différences imperceptibles. Il reconnaissait chaque cierge, et jusqu'à la couleur de sa flamme, et même si on les avait intervertis, il les eût encore reconnus. Pour d'autres imaginations, ils pouvaient représenter d'autres symboles, pourvu que ce fût un symbole devant lequel on gardât le silence ; mais il demeurait intensément conscient de la tonalité singulière de chacun d'eux et du rôle particulier qu'il jouait dans son concert. A certains moments, il se surprenait presque à souhaiter la mort de certains amis, afin de pouvoir établir avec eux une relation plus séduisante que celle qu'il connaissait lorsqu'ils étaient vivants. Pour ceux qui étaient distants à travers l'univers, une telle relation ne pouvait opérer qu'un rapprochement : ils se trouvaient tout à coup dans un voisinage immédiat. Naturellement, il y avait des vides dans cette constellation, car Stransom savait qu'il ne pouvait agir que pour ses propres morts, et tous les êtres qu'il voyait passer dans le grand gouffre obscur ne pouvaient trouver place dans un mémorial. Il y avait une étrange sanctification dans la mort, mais certains étaient plus sanctifiés par l'oubli que par le souvenir. Le manque le plus flagrant, dans cette page étincelante, était le souvenir d'Acton Hague, qu'il essayait obstinément de chasser. Pour Acton Hague, aucune flamme ne pourrait jamais s'allumer sur son autel.

4

Chaque année, le jour où il revenait du grand cimetière, il entrait à l'église comme il l'avait fait lorsque son idée était née. Ce fut en cette circonstance, un an plus tard, qu'il découvrit que son autel était hanté par une adoratrice au moins aussi assidue que lui-même. Dans l'église, d'autres fidèles allaient et venaient, dont le départ se remarquait de façon plus ou moins précise, alors qu'il pouvait voir, à son arrivée comme à son départ, cette présence inlassable. Il fut étonné de la rapidité avec laquelle il la reconnut aussitôt comme étant celle qu'il avait contemplée, profondément abîmée en prière, un an plus tôt, lors de l'anniversaire, et dont il avait aperçu le tragique visage en une vision fugitive. Etant donné le temps qui s'était écoulé, il fut surpris par l'acuité de son souvenir. Elle n'avait certainement gardé aucune impression de lui, ou plutôt il ne lui en avait fait aucune. Un jour vint où la manière qu'elle avait d'accomplir ses rites révéla qu'elle avait deviné que leur dévotion avait la même origine. Elle utilisait pour ses intentions l'autel de Stransom, et il pouvait seulement espérer que, triste et solitaire comme elle l'était toujours, c'était afin de vénérer ses propres morts. Lui seul, il eut des absences et des infidélités, dues à d'autres obligations et d'autres devoirs, mais, au fur et à mesure que les mois passaient, chaque fois qu'il retournait à son autel, il retrouvait l'inconnue ; et il finit par prendre plaisir à l'idée de lui procurer une satisfaction presque égale à la sienne. Ils priaient si souvent côte à côte que par moments il aurait voulu être certain — si droite s'étendait devant eux la perspective — de pouvoir vieillir ensemble dans leur culte. Elle était plus jeune que lui, mais on eût dit qu'elle avait autant de morts qu'il avait de cierges. Elle était sans couleur, sans éclat, sans fausse note, et Stransom en avait conclu qu'elle était également sans fortune. Elle était toujours vêtue de noir, comme si elle avait l'habitude du deuil. Mais, après tout, ceux qui avaient pu subir tant de pertes n'étaient pas pauvres, ils étaient riches puisqu'ils avaient pu perdre autant. Et l'air absorbé et indifférent de cette femme, dont chaque attitude avait une beauté naturelle et fortuite, fit croire à Stransom qu'elle avait connu plus d'une douleur.

Il avait un grand amour de la musique, et peu de temps pour la goûter ; mais, de temps à autre, le samedi après-midi, quand les rumeurs du travail s'étaient assourdies, il se souvenait qu'existaient certains bonheurs. Des amis les lui rappelaient, et il se retrouvait avec eux à des concerts. Un soir d'hiver, à Saint-James Hall, il s'aperçut, une fois assis, que l'inconnue qu'il avait si souvent vue à l'église était à côté de lui, visiblement seule, comme il l'était lui-même. D'abord elle fut trop absorbée par la lecture du programme pour prêter attention à son voisin, mais, lorsqu'elle finit par le regarder, il en profita pour lui adresser la parole et lui dire qu'il croyait la connaître déjà. Elle répondit en souriant : « Mais oui, je vous reconnais. » Bien qu'elle admît qu'ils fussent en relation depuis longtemps, c'était la première fois qu'il la voyait sourire. Et ce sourire contribua aussitôt à resserrer leurs liens plus qu'aucune des précédentes rencontres. Il ne s'était pas avisé qu'elle fût si jolie. Plus tard, ce soir-là, tandis qu'il se rendait en cab à son dîner, il s'avoua qu'elle était plus séduisante qu'il n'avait cru. Le lendemain matin, au milieu de son travail, la pensée lui vint soudain, étrangement, que l'impression qu'il avait d'elle, remontant si loin, était comme une rivière aux méandres sinueux qui avait enfin atteint la mer.

Ce jour-là, son travail fut légèrement troublé par le sentiment de ce qui s'était passé entre eux. Ce n'était pas grand-chose, mais cela faisait toute la différence. Ensemble ils avaient écouté Beethoven et Schumann, ils avaient bavardé pendant les entractes et, à la fin, alors qu'ils se dirigeaient tous deux vers les portes, il lui avait demandé s'il pouvait la raccompagner. Elle l'avait remercié, puis, ouvrant son parapluie, s'était perdue dans la foule, sans faire allusion à l'éventualité d'une prochaine rencontre, le laissant songer à loisir qu'ils n'avaient pas échangé un seul mot sur le lieu où, si souvent, ils se retrouvaient. A certains moments, ce silence lui paraissait naturel ; à d'autres, il lui semblait suspect. Elle aurait pu lui refuser le droit de lui parler, mais il eût trouvé déplacé qu'elle ne le lui accordât point. Il était étrange, alors que rien ne les avait jamais réellement rapprochés, qu'il pût penser à eux-mêmes comme à de vieux amis — que le peu qui les liait fût plus qu'ils ne pouvaient exprimer. L'illusion de son succès était due au fait que l'inconnue s'était rapidement éclipsée, si bien qu'il eut le désir étrange de la mettre à l'épreuve. A moins que ne se présentât un autre hasard improbable, la seule épreuve possible était de la rencontrer de nouveau à l'église. S'il n'avait tenu qu'à lui, il y serait allé dès le lendemain par pure curiosité ; mais, sur le point de prendre cette décision, il découvrit que cela ne tenait pas à lui. La force qui l'en empêchait lui révéla que ses morts lui laissaient si peu de liberté que rien ne tenait à lui seul. Ils lui rappelaient qu'il n'allait à l'église que pour eux, rien que pour eux.

Cette force adverse le retint pendant dix jours ; il lui était odieux d'associer son autel à autre chose que ses rites, ou de laisser paraître la curiosité qui avait failli l'émouvoir. Il était absurde de compliquer une chose aussi simple que la pratique habituelle d'un culte qui aurait pu être quotidien, et même de toutes les heures ; mais la chose s'était compliquée d'elle-même. Il en était navré, il en était déçu : c'était comme si un long et heureux enchantement eût été rompu et qu'il eût perdu une sécurité familière. Cependant, il finit par se demander s'il fallait s'abstenir pour toujours, plutôt que d'essayer de voir clair dans ses mobiles. Après une absence qui n'avait pas duré plus que d'habitude, il retourna à l'église, convaincu qu'il s'apercevrait à peine de la présence, ou de l'absence, de l'inconnue. Cette indifférence ne l'empêcha pas de constater aussitôt que, pour la première fois, elle n'était pas là. Alors il n'hésita pas à lui accorder le temps de venir, mais elle ne vint pas, et il partit en regrettant son absence, mais en se résignant à cette peine profane. Si son absence compliquait encore les choses, la faute en était à elle seule. Et, de fait, à la fin de l'année suivante, la situation s'était compliquée davantage, mais il en était venu à ne plus s'en soucier, car c'était uniquement l'habitude de s'analyser qui lui avait donné tant de scrupules. Trois fois en trois mois, il était allé à l'église sans la rencontrer, mais il n'avait pas eu besoin de cela pour savoir que le suspens était retombé. Malgré les apparences, c'était par un surcroît de délicatesse, et non par indifférence, qu'il s'était abstenu de demander au sacristain, qui l'aurait certainement reconnue, s'il avait vu cette femme à d'autres heures. Cette délicatesse, si elle l'avait empêché de poser jamais aucune question à son sujet, lui avait également permis de se montrer affable avec elle au concert. Quand, enfin, leurs regards se croisèrent, au cours d'un quatrième affrontement, ce fut toujours cette délicatesse qui lui permit d'attendre sans scrupules le moment où elle s'éloignerait. Il la rejoignit aussitôt dans la rue, et lui demanda s'il pouvait l'accompagner une partie du chemin. Sur son autorisation tacite, il l'escorta jusqu'à une maison du voisinage où elle avait affaire. Elle précisa que ce n'était pas là qu'elle habitait, mais, lui dit-elle, dans un véritable taudis, en compagnie d'une vieille tante ; l'évocation de cette dernière lui permit de revenir au chapitre des tâches fastidieuses et des occupations quotidiennes. Cette nièce en deuil n'était plus dans sa prime jeunesse, et sa fraîcheur de naguère avait laissé, en se fanant, une trace qui était pour Stransom la preuve que sa beauté avait été tragiquement sacrifiée. Quoi qu'elle affirmât, c'était sans donner de détails. Elle aurait pu être une duchesse divorcée, aussi bien qu'une vieille fille donnant des leçons de harpe.

5

Ils prirent peu à peu l'habitude de se promener ensemble, presque chaque fois qu'ils se rencontraient, mais, pendant longtemps encore, ils ne se virent qu'à l'église. Il ne pouvait lui demander de venir le voir, et elle ne l'invitait jamais, comme si elle n'avait pas de logis digne de le recevoir. Elle connaissait aussi bien que lui la société londonienne, mais dans un désir tacite d'intimité, ils fréquentaient les quartiers où ne s'aventurait pas le beau monde. Pour faire halte, elle prenait prétexte des objets dérisoires exposés aux vitrines de banlieue, et, au retour, elle le priait toujours de la quitter au même coin de rue. Il ne lui disait jamais rien qu'elle ne comprît parfaitement. Longtemps, il ignora jusqu'à son nom, et elle ne prononça jamais le sien ; ce qui importait n'était pas leur nom, mais seulement de pratiquer parfaitement leur culte commun.

Ce rituel rendait leur relation si impersonnelle qu'elle n'obéissait ni aux règles ni aux mobiles des amitiés ordinaires. Ils ne se souciaient guère de ce que l'on croit nécessaire dans les relations mondaines. Un jour — sans qu'aucun sût jamais lequel des deux l'avait suggéré le premier — ils finirent par se dire qu'ils ne se souciaient même pas l'un de l'autre. A cette idée, ils devinrent plus intimes encore, et leur confiance mutuelle en fut renouvelée. Si ressentir profondément les mêmes choses, lorsqu'elles étaient extérieures à soi, ne constituait pas un gage de sécurité, de quoi donc pouvait-on être sûr ? Parfois, jamais à la légère, jamais sans émotion ni raison — comme des croyants font allusion au mystère de leur foi — et seulement quand une circonstance avait suffisamment préparé le terrain, ils étaient tout près d'appeler leurs morts par leur nom. Ils se sentaient alors au bord de livrer leur pensée tout entière. Le terme « Eux » en disait assez, il limitait l'allusion, il avait une dignité propre, et si vous aviez entendu nos amis s'en servir dans leurs conversations, vous auriez pu les prendre pour un couple de païens des premiers âges parlant avec respect des dieux lares. Ils ne surent jamais — Stransom du moins ne le sut jamais — comment ils avaient appris à être aussi sûrs l'un de l'autre. Si chacun d'eux s'était demandé pourquoi l'autre était là, leur certitude s'était presque imposée d'elle-même. Toute foi porte en elle le désir de se propager, et il était naturel et splendide qu'ils se fussent réjouis en s'imaginant trouver en l'autre un disciple. Que leur prosélytisme n'eût entraîné qu'un seul disciple, c'était bien assez. Mais, de toute évidence, sa dette à elle dépassait de beaucoup la sienne : elle ne lui avait procuré qu'une fidèle, alors qu'il lui avait donné un temple superbe. Elle avait compté les cierges de Stransom presque aussi souvent que lui-même, et un jour elle lui dit qu'elle le plaignait d'avoir tant de morts, si bien qu'il se demanda combien elle pouvait en avoir. Il s'était déjà étonné de la similarité de leurs deuils, surtout quand, de temps à autre, un nouveau cierge s'allumait. Une fois, il se risqua à exprimer sa curiosité, et, comme surprise qu'il n'eût pas encore compris, elle répondit :

— Oh ! pour moi, vous savez, plus il y en a, mieux cela vaudra — il n'y en aura jamais assez. J'en voudrais des centaines et des centaines... j'en voudrais des milliers. Je voudrais une véritable montagne de flammes.

Alors, en un éclair, il comprit :

— Tous vos morts ne sont qu'un seul ?

Plus que jamais, elle hésita. Et, rougissant comme si elle lui révélait son secret, elle répondit :

— Oui, un seul.

Stransom eut le sentiment qu'il en savait encore moins qu'auparavant, tant il lui était difficile de concevoir une vie où une expérience unique avait suffi à effacer toutes les autres. Sa propre vie, autour de son vide central, avait été tellement remplie.

Puis elle parut regretter son aveu, bien que, sur le moment, il y eût de l'orgueil jusque dans sa confusion. Elle lui déclara qu'il possédait ce que l'on pouvait avoir de plus grand et de plus cher, la part que l'on choisirait si l'on pouvait choisir ; elle lui affirma qu'elle pouvait parfaitement imaginer quelques-uns des échos qui peuplaient les silences de sa vie. Il savait bien qu'elle ne le pouvait pas : la relation de chacun avec ceux qu'il a aimés ou haïs diffère trop de celle des autres. Mais cela ne changeait en rien le fait qu'ils vieillissaient ensemble dans le même culte. Elle était un des éléments de ce culte et, même au point où leur amitié était parvenue — qui de temps à autre leur permettait de se retrouver au concert ou d'aller ensemble à une exposition —, elle n'était jamais devenue plus pour lui. La seule chose qui arriva fut que le culte prédomina dans la vie de Stransom. Peu à peu, tous ses amis disparurent, si bien qu'à la longue il y eut plus de flammes symboliques sur son autel que de maisons où il pouvait retourner. Elle était, plus que personne, l'amie qui lui restait, mais elle demeurait inconnue de tous les autres. Un jour où elle découvrit sur l'autel une nouvelle étoile, comme ils disaient, elle fit la remarque que la chapelle était enfin pleine.

— Oh ! non, répliqua Stransom, il s'en faut de beaucoup ! La chapelle ne sera jamais pleine avant que s'allume un cierge qui fera pâlir tous les autres. Ce sera le plus grand de tous.

Elle posa sur lui son calme regard étonné :

— De quel cierge voulez-vous parler ?

— Je veux dire, ma chère : le mien.

Au bout d'un certain temps, il avait appris qu'elle vivait de sa plume, écrivant sous un pseudonyme qu'elle ne lui révéla jamais, dans des revues qu'il n'avait jamais vues. Elle savait trop bien ce qu'il n'aimait pas lire et ce qu'elle ne parvenait pas à écrire, et elle lui apprit à cultiver une discrétion qui contribua à leur entente. Ce travail anonyme convenait à

Stransom, satisfaisant l'idée qu'il se formait d'elle, de sa vie digne, fière et obscure, de son art modestement rémunéré, et de son humble logis où l'on ne pouvait pénétrer. L'image qu'il avait d'elle, seule avec sa vieille tante, perdue dans l'univers effacé de son faubourg, remontait en lui quand il était au loin. Elle était vraiment la prêtresse de son autel, et chaque fois qu'il quittait l'Angleterre, il le confiait à sa garde. Elle réveilla en lui la conviction que les femmes ont plus de piété que les hommes ; sa propre fidélité lui parut terne et pâle, comparée à la sienne. Il lui disait souvent qu'étant donné le peu d'années qu'il avait à vivre, il se félicitait qu'elle en eût tant. Il était heureux de penser qu'elle garderait encore le temple, lorsqu'il ne serait plus là. Il avait formé un grand projet, dont bien sûr il lui fit part — un legs d'argent pour subvenir à l'entretien de l'autel et pour perpétuer sa splendeur. Il la nommerait gérante de cette fondation, et, si le désir lui en venait, elle pourrait allumer un cierge même pour lui.

— Et qui en allumera un pour moi ? demanda-t-elle gravement.

6

Elle était toujours en noir, mais, le jour où il revint de sa plus longue absence, son aspect lui révéla aussitôt qu'elle venait de subir un nouveau deuil. Ils se rencontrèrent au moment où elle quittait l'église et, remettant sa visite à plus tard, il lui proposa de faire demi-tour et de l'accompagner. Elle réfléchit, avant de répondre :

— Non, allez-y maintenant, mais venez me voir dans une heure.

Il connaissait la perspective étroite de sa rue, de son impasse aussi sinistre qu'une poche vide, bordée de petites maisons sordides, à demi séparées l'une de l'autre, mais indissolublement unies, comme des époux mal assortis. Souvent, il l'avait accompagnée jusqu'au coin de la rue, qu'il n'avait jamais dépassé. Sa tante était morte, il le devina tout de suite, et aussi que quelque chose était changé. Mais lorsqu'elle précisa pour la première fois le numéro de sa maison, il se trouva, en la quittant, légèrement inquiet de cette libéralité soudaine. Après tout, elle n'était pas de ces êtres dont on pénètre rapidement l'intimité. Il lui avait fallu des mois et des mois pour apprendre son nom, des années et des années pour savoir son adresse. Si elle avait semblé tellement vieillie, lors de cette dernière rencontre, comment donc lui paraissait-il ? Elle avait atteint cette période de la vie qu'il avait depuis longtemps franchie, où, après une séparation, un visage ami rencontré par hasard marque, terrible cadran, l'heure que nous avons tenté d'oublier.

Il n'aurait pu dire ce qu'il espérait quand, à la fin de son attente, il tourna le coin de la rue où, pendant des années, il s'était toujours arrêté. Le simple fait de ne pas s'y arrêter était en soi une cause d'émotion. C'était comme un événement, et, au cours de leur longue amitié, il n'y avait jamais eu d'événement. Celui-ci prit plus d'importance encore lorsque, cinq minutes plus tard, dans la pâle élégance de son petit salon, elle balbutia quelques mots d'accueil qui montraient la gravité de ces instants. Il avait l'étrange impression d'être venu pour quelque chose de particulier ; impression étrange, car il n'y avait littéralement rien de particulier entre eux, rien, sinon qu'ils avaient en commun le même but, qui était devenu depuis longtemps une sublime évidence. Mais, après ce qu'elle lui dit — « Vous pourrez toujours venir désormais, vous savez » — ce pourquoi il était venu semblait déjà avoir eu lieu. Il lui demanda si c'était la mort de sa tante qui causait ce changement, et elle répondit :

— Elle n'a jamais su que je vous connaissais. Je ne le voulais pas.

La belle clarté de son innocence — sa beauté fanée était pareille à un crépuscule d'été — éloignait de ces mots toute idée d'hypocrisie. Ils auraient pu lui paraître la preuve d'une profonde dissimulation, mais elle lui avait toujours donné l'impression d'agir pour de nobles motifs. La tante disparue était présente tandis qu'il regardait autour de lui, dans les petits détails raffinés de la pièce, le velours perlé et le damas ruché ; et bien qu'il eût, comme nous le savons, le culte des morts, il se surprit à ne pas vraiment la regretter. Si elle ne figurait pas sur sa longue liste, elle était sur celle, si courte, de sa nièce, à qui Stransom fit remarquer que, maintenant, devant l'autel qu'ils hantaient tous deux, elle aurait du moins une nouvelle raison de célébrer son culte.

— Oui, j'aurai une nouvelle raison. Elle était très bonne pour moi. Et c'est cela qui change tout.

Il réfléchit avant de se décider à partir, et estima que le changement serait en effet très grand, et ne se bornerait pas à la seule autorisation de le laisser entrer chez elle. Cette idée le glaça plutôt, car ils avaient été heureux ensemble ainsi. Il avait, en tout cas, obtenu d'elle l'assurance que désormais elle jouirait de moyens moins restreints, puisqu'elle avait hérité de la modeste fortune de sa tante, et serait seule à dépenser ce qui jusqu'alors avait suffi pour deux. Ce fut une joie pour Stransom, car il n'avait pu auparavant lui faire de cadeaux, et en même temps il en avait souffert. Vraiment, cela manquait trop de générosité, de vivre ainsi à ses côtés en profitant d'une richesse qu'il ne pouvait lui faire partager — mais la générosité eût été manifestement une fausse note. Même l'amélioration de sa fortune semblait souligner la solitude de son avenir. Elle pourrait ainsi se consacrer de plus en plus à leur culte, maintenant qu'après l'avoir instauré, il commençait lui-même, par lassitude, à envisager de pouvoir disparaître.

Après qu'ils furent restés un moment dans ce petit salon falot, elle se leva :

— Cette pièce n'est pas vraiment la mienne ; allons plutôt chez moi.

Ils n'avaient qu'à traverser le vestibule pour se trouver dans une atmosphère toute différente. Quand elle eut refermé la porte, il se sentit enfin en pleine possession d'elle. La pièce avait l'éclat de la vie, elle était expressive ; ses murs rouge sombre s'animaient de souvenirs et de reliques. C'étaient des choses toutes simples : photographies et aquarelles, autographes encadrés, fantômes de fleurs séchées ; mais il lui suffit d'un instant pour comprendre qu'elles avaient, toutes, une signification commune. C'est ici qu'elle avait vécu et travaillé, et elle lui avait déjà dit qu'elle ne modifierait en rien le décor de sa vie. Il remarqua que la plupart des objets dont elle s'entourait se rapportaient à un certain lieu et à une certaine époque. Au bout d'un moment, il aperçut un petit portrait d'homme. De loin, sans lunettes, il en distinguait juste assez les traits pour éprouver une vague curiosité, qui bientôt le poussa à s'approcher. L'instant d'après, conscient d'avoir laissé échapper une exclamation, il contemplait le portrait avec stupeur. Il se rendit compte qu'il avait tourné un visage blême vers sa compagne en s'écriant :

— Acton Hague !

Elle fut aussi surprise que Stransom :

— Vous le connaissiez ?

— Il fut l'ami de mon adolescence et de toute ma jeunesse. Vous aussi, vous l'avez connu ?

Elle rougit, hésita, embrassa la pièce du regard, et une étrange ironie se dessina sur ses lèvres alors qu'elle répétait, comme un écho :

— Connu ?

Et Stransom comprit, tandis que la pièce chavirait comme une cabine de navire, que tout ce qui s'y trouvait criait la présence d'Acton Hague, que c'était là un musée en son honneur, que toutes ces dernières années lui avaient été vouées, que l'autel qu'il avait élevé, elle l'avait passionnément consacré à son culte. C'était pour Acton Hague, pour lui seul, qu'elle s'était agenouillée chaque jour dans le sanctuaire. Quel besoin d'allumer pour lui un cierge, alors qu'il était présent pour elle dans tout ce flamboiement ? Cette révélation souffleta notre ami avec une telle violence qu'il s'assit et garda le silence. Il s'aperçut très vite combien son émotion l'avait émue à son tour, mais, tandis qu'elle se laissait tomber à côté de lui sur le canapé en posant la main sur son bras, il devina aussitôt qu'elle ne pouvait s'émouvoir autant qu'elle l'eût souhaité.

7

Il comprit alors deux choses : d'abord, qu'au cours de tant d'années, elle n'avait jamais entendu parler de sa grande amitié ni de sa grande querelle ; ensuite que, malgré cette ignorance, bizarrement, elle donnait aussitôt une raison à sa stupéfaction.

— C'est extraordinaire, dit-il enfin, que nous n'ayons jamais su !

Elle eut un faible sourire, qui parut plus étrange à Stransom que le fait lui-même :

— Je n'ai jamais, jamais parlé de lui.

Il parcourut la chambre du regard.

— Pourquoi donc, si votre vie était pleine de lui ?

— Je pourrais vous en demander autant : votre vie aussi n'était-elle pas pleine de lui ?

— La vie de tous, de tous ceux qui ont eu le merveilleux privilège de le connaître.

Après un instant Stransom ajouta :

— Moi non plus, je n'ai jamais parlé de lui, car il m'avait fait du tort — il y a quelques années — un tort inoubliable...

Elle se taisait, et il fut surpris de ne pas l'entendre protester, malgré la présence d'Acton Hague autour d'eux. Elle admettait qu'il en parlât ainsi, et il la regarda pour voir comment elle l'avait admis. Elle avait les yeux pleins de larmes, et c'est avec une extraordinaire douceur qu'elle prit sa main dans la sienne. Jamais il n'avait connu quelque chose de plus merveilleux que de la voir, dans cette petite pièce tout entière vouée au culte du souvenir, accepter, avec une indulgence si exquise, le fait qu'Acton Hague fût capable d'une telle offense.

La pendule — que Hague lui avait sans doute offerte — résonnait dans le silence. Il lui laissa prendre sa main et la tenir avec une tendresse qui paraissait promettre de prendre sur elle la responsabilité de ses peines, les anciennes comme les nouvelles, et, au bout d'un moment, il s'écria :

— Mon Dieu, comme il a dû vous traiter !

A ces mots, elle lâcha sa main, se leva et, traversant la pièce, alla redresser un petit tableau qu'il avait légèrement déplacé en l'examinant, puis, se tournant vers lui, elle déclara, ayant retrouvé sa timide gaieté :

— Je lui ai pardonné.

— Je sais ce que vous avez fait, dit Stransom. Je sais ce que vous avez fait pendant des années...

Ils se regardèrent un instant à travers la pièce et lurent, dans les yeux l'un de l'autre, leur longue solidarité à la même cause. Dans ce simple regard de la femme qui était devant lui, Stransom vit un aveu total, absolument dépouillé ; elle rougit soudain et changea de place, montrant qu'elle savait bien ce qu'il avait deviné. Il se leva :

— Comme vous avez dû l'aimer ! s'écria-t-il.

— Les femmes ne sont pas comme les hommes. Elles peuvent aimer même ceux qui les ont fait souffrir.

— Les femmes sont admirables, dit Stransom, mais je vous assure que, moi aussi, je lui ai pardonné.

— Si je m'étais doutée d'une histoire aussi étrange, je ne vous aurais pas fait venir ici.

— Si bien que nous n'aurions rien su jusqu'à la fin ?

— Qu'appelez-vous la fin ? demanda-t-elle, souriant toujours.

Il ne put que répondre, en lui rendant son sourire :

— Vous verrez... quand cela arrivera.

Elle réfléchit un moment.

— C'est peut-être mieux ainsi, mais tels que nous étions, nous étions bien.

Il lui demanda :

— Ne lui est-il jamais arrivé de parler de moi ?

De plus en plus songeuse, elle ne répondit pas, et il comprit que la seule réponse juste qu'elle pouvait lui faire eût été de lui demander s'il avait lui-même souvent parlé de leur redoutable ami Acton Hague. Elle lui demanda, le visage illuminé, comme si une idée s'était soudain emparée d'elle :

— Vous lui avez vraiment pardonné ?

— Sinon, comment pourrais-je m'attarder ici ?

Elle tressaillit, devant l'ironie profonde mais involontaire de cette phrase ; et, en même temps, elle l'interrogea, haletante :

— Ainsi, parmi les flammes de votre autel... ?

— Il n'y a jamais eu de flamme pour Acton Hague !

Elle le regarda, tombant de haut.

— Mais s'il est un de vos morts ?

— Il est un des morts de ce monde et, si vous voulez, l'un des vôtres. Mais il n'est pas l'un des miens. Mes morts sont ceux qui moururent en ma possession. Ils sont à moi dans la mort parce qu'ils étaient à moi dans la vie.

— Mais lui, il fut à vous pendant sa vie, même s'il cessa de l'être. Si vous lui avez pardonné, vous êtes revenu à lui. Ceux qu'autrefois nous avons aimés...

— ... sont ceux qui peuvent nous blesser le plus, interrompit Stransom.

— Ah, ce n'est pas vrai... vous ne lui avez *pas* pardonné ! gémit-elle avec une passion qui le bouleversa.

Il la regarda comme il ne l'avait jamais regardée :

— Que vous a-t-il donc fait ?

— Tout !

Brusquement, elle lui tendit la main :

— Adieu, dit-elle.

Il se sentit devenir aussi glacé que la nuit où il avait appris la nouvelle de la mort d'Acton Hague.

— Vous voulez dire que nous ne nous verrons plus jamais ?

— Plus jamais comme avant, et jamais *là-bas !*

Il resta là, consterné par la rupture de leur lien, par le reniement qui résonnait dans le mot qu'elle avait prononcé avec tant d'emportement.

— Mais qu'y a-t-il de changé pour vous ?

Elle hésita, et la violence du trouble où il la voyait pour la première fois lui donnait un air de sévérité splendide :

— Comment pourriez-vous comprendre maintenant ce que vous n'aviez jamais compris ?

— Je n'avais pas compris uniquement parce que j'ignorais tout. Maintenant que je sais, je vois à côté de quoi j'ai vécu pendant des années, répondit Stransom d'une voix très douce.

Elle le regarda avec plus d'indulgence, comme pour le remercier de sa douceur.

— Avec tout ce que je viens d'apprendre, comment pourrais-je vous demander de continuer à vivre ce passé ?

— J'ai édifié un autel aux significations multiples, commença Stransom, mais elle l'interrompit aussitôt :

— Vous avez édifié votre autel, et, quand j'en avais le plus besoin, je l'ai trouvé tout prêt, dans sa splendeur. Je m'en suis servi avec la reconnaissance que je vous ai toujours témoignée, car je savais qu'il était consacré à la Mort. Je vous ai dit depuis longtemps que mes morts n'étaient pas nombreux. Les vôtres l'étaient, mais rien de ce que vous aviez fait pour eux n'était trop pour mon unique dévotion. Vous aviez allumé une flamme pour chacun — je les ai toutes réunies pour un seul !

— Nos intentions étaient différentes, voilà tout, répliqua Stransom. Vous avez raison : je le savais bien, et je ne vois pas pourquoi votre culte ne vous soutient plus.

— C'est parce que vous êtes généreux ; vous pouvez à la fois imaginer et comprendre. Mais le charme est rompu.

Le pauvre Stransom savait que c'était vrai, bien qu'il se refusât à l'admettre. Et l'avenir s'étendait devant lui, gris et désert. Tout ce qu'il put dire fut :

— J'espère que vous essayerez tout de même avant de renoncer tout à fait.

— Si j'avais su que vous l'aviez connu, je n'aurais jamais douté qu'il eût son cierge, répondit-elle. Ce qui est changé, comme vous dites, c'est qu'en faisant cette découverte je m'aperçois qu'il n'en a jamais eu. C'est ce qui rend ma situation... (elle s'interrompit comme pour trouver le mot juste, puis dit simplement :)... tout à fait fausse.

— Revenez une fois encore, supplia-t-il.

— Lui donnerez-vous son cierge ? demanda-t-elle.

Il hésita, non qu'il doutât de ce qu'il éprouvait, mais pour ne pas la heurter.

— Je ne peux pas, finit-il par dire.

— Alors, adieu.

Et elle lui tendit de nouveau la main.

Il avait reçu son congé ; d'ailleurs, l'agitation dans laquelle il avait été plongé nécessitait qu'il se retrouvât dans la solitude. Mais il s'attarda, il s'attarda pour voir si elle n'inventerait pas un compromis, si elle ne proposerait pas un moyen terme. Il ne rencontra que ses grands yeux douloureux, et la pitié qu'il pouvait y lire eût été la même pour n'importe qui. C'est pourquoi il dit :

— De toute façon, je pourrai au moins vous voir ici.

— Oh oui, venez si vous voulez. Mais je ne crois pas qu'il le faille.

Il regarda autour de lui, une fois encore : il savait bien qu'il ne le fallait pas. Il se sentit saisi, gagné par le froid, et ce froid était comme une fièvre. Il s'efforça de ne pas trembler. Puis, d'une voix désolée :

— Je ferai tous les efforts, si vous ne pouvez en faire aucun.

Elle l'accompagna dans le vestibule et jusque sur le seuil, où il lui posa la question à laquelle il savait le moins répondre :

— Pourquoi ne m'aviez-vous jamais laissé venir ?

— Parce que ma tante vous aurait vu, et que j'aurais dû lui expliquer comment je vous ai connu.

— Et quelle objection y avait-il ?

— Cela m'aurait entraînée à d'autres explications ; du moins, j'en courais le risque.

— Elle savait certainement que vous alliez tous les jours à l'église, protesta Stransom.

— Elle ne savait pas pourquoi j'y allais.

— Elle n'avait donc jamais entendu parler de moi ?

— Vous allez me trouver hypocrite, mais je n'ai pas eu à l'être !

Il se trouvait maintenant sur la dernière marche, et son hôtesse tenait la porte à demi fermée derrière lui. Dans cet espace étroit, il voyait s'encadrer son visage. Il lui lança un suprême appel :

— Que vous a-t-il donc fait ?

— Cela se serait su... *elle* vous l'aurait dit. Cette peur, c'était ma raison !

Et elle referma la porte, comme pour l'exclure.

8

Il l'avait cruellement abandonnée — c'était cela, bien sûr, qu'il avait fait. Peu à peu, à loisir, dans sa solitude, Stransom reconstitua toute l'histoire, ajustant les fragments épars et abordant un par un les points demeurés obscurs.

Elle n'avait connu Acton Hague qu'après la rupture des relations entre Stransom et lui — longtemps après, de toute évidence — et il était naturel qu'elle n'apprît de sa vie antérieure que ce qu'il avait jugé bon de lui dire. Il était bien compréhensible que, même dans les moments d'épanchement, il eût préféré taire certains faits de sa vie. La plupart des événements de la vie d'un homme en vue sont d'habitude connus, mais elle vivait loin du monde, et la seule époque de la vie de Hague qu'elle aurait pu clairement déchiffrer eût été celle qui avait suivi l'aube de son propre drame. A sa place, un homme aurait voulu exhumer le passé, allant même jusqu'à consulter de vieux journaux. Il demeurait extraordinaire qu'au cours de sa longue relation avec le compagnon de son passé, aucun indice ne lui eût jamais donné l'éveil. Mais à quoi bon en discuter : quand l'indice était apparu, un simple souci de sécurité avait prévalu. Elle avait pris ce que Hague lui avait donné, et son ignorance de tous ses autres liens n'était qu'un trait dans la parfaite illustration de cette souplesse dont Stransom avait les meilleures raisons de savoir que Hague la suscitait chez autrui avec un art où il était passé maître.

Notre ami ne vit plus que la parfaite illustration de cet art : il était abasourdi à l'idée que celle avec qui il avait partagé pendant des années un domaine si subtil, était une femme qu'Acton Hague, entre tous, avait plus ou moins façonnée. Telle qu'il l'avait vue aujourd'hui, elle était marquée par lui d'une façon indélébile. Il ne pouvait s'empêcher de penser que, si bienveillante et irréprochable qu'elle lui parût, elle avait cherché à le berner. Elle l'avait bel et bien dupé, même si elle s'en doutait aussi peu que lui. Tout ce passé récent lui sembla du temps absurdement gaspillé. C'est du moins ce qu'il commença par se dire ; peu à peu, il se sentit de plus en plus partagé, et finit par être complètement désemparé. La vérité qu'elle avait refusé de lui livrer, il se mit à l'imaginer, à la présumer, à la recréer, à se la représenter. C'est ainsi que l'inconnue lui apparut, plus que jamais, marquée du sceau du destin. Dans cette étrange situation, il sentit qu'elle était d'une trempe supérieure à la sienne, du seul fait qu'elle avait pu être — qu'elle avait été — offensée davantage. Quand elle était offensée, une femme l'était toujours davantage qu'un homme, et, parfois, le moins qu'elle devait endurer dépassait encore le plus qu'il pouvait supporter. Stransom était sûr qu'une créature aussi exceptionnelle était appelée aux plus grandes épreuves. Il était frappé d'horreur à l'idée d'une telle soumission, d'un tel anéantissement. Elle avait dû être façonnée par des mains bien puissantes pour avoir ainsi transformé sa blessure en une exaltation aussi sublime. Cet individu n'avait eu qu'à mourir pour être lavé de toute tache. Il était vain d'essayer de deviner ce qui s'était passé, mais il était évident qu'elle avait fini par prendre la faute sur elle. Elle lui pardonnait tout, elle adorait jusqu'à ses propres plaies. Cette passion exploitée par Hague avait reflué en elle comme une marée, et maintenant le flot de sa tendresse, figé pour toujours à son apogée, atteignait une profondeur insondable. Stransom était persuadé d'avoir vraiment pardonné à Hague ; mais comme il était loin d'avoir accompli le miracle qu'elle avait accompli ! Son pardon à lui était fait de silence, son pardon à elle de mots inexprimés. La flamme qu'elle avait exigée sur son autel eût troublé le silence de Stransom comme un éclat de tonnerre, alors que tous les cierges de la chapelle émettaient pour elle un trop faible murmure.

Elle avait eu raison de parler de changement, raison de dire que tout serait différent. Stransom fut bientôt envahi d'une jalousie morbide et aiguë ; la marée de son sentiment pour Hague s'était éloignée, mais n'avait pas reflué : s'il lui avait « pardonné », le ressort de ce pardon était brisé. Le fait même qu'elle avait réclamé un signe tangible, un signe qui fît de son amant l'égal des autres morts, parut à Stransom une exigence excessive. Il ne s'était jamais estimé impitoyable, mais des revendications exagérées auraient pu le rendre tel. Il tournait et retournait cette exigence dans sa tête, mais plus il l'examinait, moins elle lui paraissait légitime. En même temps, il n'avait aucune illusion sur les conséquences de son refus ; il savait parfaitement qu'il amènerait une rupture.

Il la laissa seule une semaine, mais lorsque, enfin, il retourna la voir, sa conviction fut cruellement confirmée. Dans l'intervalle, il s'était abstenu d'aller à l'église, et elle n'eut pas besoin de lui assurer qu'elle n'y était pas allée non plus. Le changement était total, et avait brisé sa vie. La vie de Stransom aussi était brisée, car tous les feux de son autel lui semblèrent brusquement éteints. Une grande indifférence s'abattit sur lui, dont le poids même était douloureux, et il ne sut jamais mieux ce que signifiait pour lui sa ferveur qu'au moment où, sous l'effet de ce choc, elle s'arrêta comme une montre aux rouages cassés. Il ne s'était jamais aperçu non plus avec quelle confiance il avait attendu la phase suprême de son culte auquel il devait maintenant renoncer : sa cuisante déception venait de ce que tout l'avenir s'écroulait.

Qu'elle se fût abstenue, tous ces derniers jours, lui montra de quoi elle était capable, d'autant qu'il ne pouvait l'imaginer vindicative, ni même rancunière. Elle ne l'avait pas abandonné dans un mouvement de colère, mais par acceptation d'une réalité implacable et d'un destin cruel. Il le comprit quand il se retrouva assis auprès d'elle dans la pièce où l'écho des paroles de sa tante défunte flottait encore comme les notes d'un piano fêlé. Elle tenta de lui faire oublier combien ils s'étaient désormais éloignés l'un de l'autre, mais, conscient de ce à quoi ils avaient dû renoncer, il ne pouvait s'empêcher de la plaindre. Il lui avait pris tellement plus qu'elle ne lui avait pris. Il argumenta encore un peu, lui disant qu'elle pouvait disposer de l'autel à son gré, mais elle se contenta de secouer la tête avec tristesse, le suppliant de ne pas perdre son temps à parler de ce qui était impossible et révolu. A côté du vœu secret qu'elle formait, les rites qu'il avait institués n'étaient qu'une exclusion déguisée. Elle ne regrettait rien de ce qui s'était passé ; tout avait été parfait tant qu'elle ne savait rien, mais maintenant elle en savait trop, et, une fois leurs yeux ouverts, il ne leur restait plus qu'à se soumettre. Sans doute avaient-ils eu leur part de bonheur à faire route si longtemps ensemble. Elle était douce, reconnaissante et résignée, mais c'était seulement l'apparence que prenait son inébranlable résolution. Il comprit qu'il ne franchirait jamais plus le seuil de ce qu'elle appelait sa pièce ; cela seul suffisait à faire de lui un étranger, et à donner à ses visites un air guindé. Il lui aurait été odieux de se replonger dans le gouffre des souvenirs, mais le contraire ne lui était pas moins pénible.

Après l'avoir revue plusieurs fois, il devina que c'était d'avoir franchi le seuil de sa maison qui avait si cruellement diminué leur intimité. Il la connaissait mieux, il l'aimait davantage quand ils se bornaient à marcher ensemble et à s'agenouiller côte à côte. Ils n'étaient plus capables que de faire semblant, eux qui avaient connu une si belle sincérité. Ils essayèrent de reprendre leurs promenades, mais elles se révélèrent un triste simulacre, car leurs rencontres avaient toujours été liées aux visites à l'église : ils flânaient en sortant de la chapelle, ou bien ils entraient s'y reposer au terme de leur randonnée. D'ailleurs, Stransom déclinait ; il n'avait plus la force de marcher comme autrefois. Le silence entre eux viciait tout, et leur vie en était atrocement mutilée. Notre ami était sincère jusqu'à la monotonie, il ne cherchait pas à cacher ses reproches, ni à faire mystère de sa détresse. Toutes les réponses qu'elle lui donnait se ramenaient à une seule : elle l'invitait tristement à mesurer, puisqu'il parlait de détresse, la consolation qu'elle trouvait dans son propre malheur. Il ne trouvait, en effet, aucune consolation à se plaindre, car toute allusion à ce qui leur était arrivé ne faisait que rendre plus présent l'auteur de leur drame. Acton Hague les séparait — c'était là le fond du problème, et il ne les séparait jamais autant que lorsqu'ils se trouvaient face à face. Alors même qu'il voulait l'exclure, Stransom avait l'impression étrange d'aspirer à un apaisement qui impliquait d'accepter cette présence. Déconcerté par ce qu'il savait, il était plus inquiet encore de ce qu'il ne savait pas. Conscient qu'il eût été déplacé de dénigrer son ami d'autrefois, ou de raconter à sa compagne l'histoire de leur querelle, il était dépité que la réserve qu'elle gardait ne lui permît jamais d'aborder ce sujet et prît l'apparence d'une générosité plus grande que la sienne.

Il s'interrogea, s'accusa, se demanda s'il était amoureux d'elle, pour se soucier autant des passions qu'elle avait connues. Il n'avait jamais voulu admettre qu'il l'aimait, aussi fut-il stupéfait de se découvrir jaloux. Sinon la jalousie, qu'est-ce qui pouvait inspirer à un homme ce désir exaspéré du détail propre à le faire souffrir ? Il savait bien que ce détail, il ne l'obtiendrait jamais de la seule personne qui pouvait encore le lui donner. Il la poursuivait de son regard sombre, et elle le laissait faire, lui souriant toujours avec une exquise pitié, sans lui donner pour autant le moindre indice qui lui permît de connaître son secret, ni lui dire la moindre parole qui semblât nier le droit qu'il avait d'être amer. Elle ne disait rien, elle ne jugeait pas ; elle acceptait tout, sauf la possibilité de revenir aux symboles de naguère. Stransom devina que, pour elle aussi, ils avaient été animés d'une vie intensément personnelle, qu'ils avaient exprimé certains instants, certains détails, qu'ils formaient chacun des maillons de sa chaîne. Il se persuada que sa difficulté à pardonner venait de ce que cet effort pour justifier son ami déloyal contenait, puisqu'il émanait d'*elle*, sa propre interdiction. Il aurait accepté d'écouter la voix d'une générosité impersonnelle, il se serait soumis à la décision d'un avocat qui, jugeant au nom d'une justice abstraite, connaissant son refus sans avoir connu Acton Hague, aurait imaginé de dire : « Oh, souvenez-vous seulement du meilleur de lui, ayez pitié de lui, prenez soin de lui. » Mais prendre soin de lui, alors même qu'il venait de découvrir une autre de ses infamies, ce n'était pas le plaindre, c'était l'encenser. Plus Stransom réfléchissait, plus il était convaincu que la relation de Hague avec son amie, quelle qu'en fût la nature, n'avait été qu'une élégante duperie. Quelle place avait-elle tenu dans cette vie si connue ? Pourquoi n'en avait-il jamais entendu parler, si cette relation avait été parfaitement honnête ? Stransom connaissait assez les autres liens de Hague, ses servitudes et ses jeux, sans parler de son caractère, pour être certain qu'il avait commis quelque infamie. D'une façon ou d'une autre, la malheureuse avait été froidement sacrifiée. C'est pourquoi il devait le rejeter, l'exclure.

9

Et pourtant, là n'était pas la solution, surtout après qu'il eut reparlé à son amie de tout ce qu'elle devait faire pour lui plus tard. Il lui en avait déjà parlé autrefois, et elle lui avait répondu avec une sincérité que mitigeait seulement le refus poli, et qui l'avait touché, d'envisager sa mort. Elle avait alors presque accepté ce rôle, et laissé entendre à Stransom qu'il pouvait compter sur elle pour être la gardienne future de son sanctuaire. Il la supplia, au nom de tout ce qui les avait liés, de ne pas l'abandonner dans sa vieillesse. Elle l'écoutait à présent avec une froideur éclatante et cette patience obstinée par laquelle elle maintenait ses conditions ; sa désapprobation était nuancée par la tendresse, et la pitié qu'elle éprouvait à le savoir abandonné. Ses conditions, pourtant, ne changeaient pas, qui pour être tacites n'en étaient pas moins exprimées ; mais il savait que secrètement elle se sentait frustrée — et même plus que lui — du bonheur attaché à ce legs sacré. Ils regrettaient tous deux cet avenir si riche, mais elle plus encore, parce que ce devait être le sien ; il comprit à son renoncement combien elle préférait le souvenir d'Acton Hague à toute autre pensée. Il avait assez d'ironie pour rire amèrement quand il se demandait : « Pourquoi diantre l'aime-t-elle plus que moi ? » alors que les raisons en étaient faciles à deviner. Mais même sa lucidité ne pouvait apaiser cette contrariété, la plus grande peut-être qu'il eût éprouvée de sa vie. Jamais il n'avait tant souhaité abandonner la partie. Il était parvenu, il est vrai, à l'âge du renoncement, mais jusqu'à présent il ne lui était jamais apparu aussi clairement que l'heure avait sonné de tout quitter.

Au bout de six mois, il avait pour ainsi dire renoncé à l'amitié qui l'avait tant charmé et consolé. Sa privation avait deux visages, et celui qui lui apparut quand, pour la dernière fois, il tenta de raviver leur amitié, était le visage dont il supportait le moins la vue : c'était la privation qu'il infligeait ; l'autre était la privation qu'il devait endurer. Il avait l'habitude de se murmurer, quand il était seul, la condition qu'elle n'avait jamais prononcée : « Un de plus, un de plus — rien qu'un seul. » Assurément, il déclinait ; il s'en apercevait lui-même souvent quand il se surprenait, pendant son travail, à regarder le vide et à répéter cette rengaine absurde. D'ailleurs, il lui suffisait de constater à quel point il était faible et malade. Sa contrariété était devenue de la mélancolie, et cette mélancolie l'avait persuadé que ses forces l'abandonnaient. Il n'avait même plus d'autel, et, dans ses rêves, sa chapelle n'était plus qu'une grande caverne obscure.

Tous les feux étaient éteints. Tous ses Morts étaient morts pour la seconde fois.

Il ne put comprendre d'abord comment sa compagne de jadis avait eu le pouvoir de les abolir, puisque ce n'était ni pour elle ni par elle qu'ils avaient été ranimés. Alors il découvrit que c'était essentiellement en lui qu'avait eu lieu cette reviviscence, et qu'on ne pouvait respirer dans l'atmosphère raréfiée de son âme. Les cierges pouvaient bien continuer de brûler, mais chacune des flammes avait perdu son éclat. L'église était désormais vide ; c'était sa présence à lui, sa présence à elle, leur présence à tous deux, qui avait été l'indispensable intermédiaire. Si quelque chose venait à manquer, tout manquait. Elle avait, par son silence, détruit l'harmonie.

Après trois mois, il se sentit tellement seul qu'il retourna à l'église. Il songea que, puisque ses morts lui avaient été si proches pendant des années, ils ne permettraient pas qu'il les abandonnât sans d'abord chercher à l'aider. Ils se tenaient là, tels qu'il les avait laissés, massif flamboyant d'une hauteur éclatante, qu'il avait déjà comparé, lui qui aimait à rapprocher les choses inégales, à des phares dominant l'océan de la vie. Au bout d'un moment, il fut soulagé de sentir que ses morts avaient gardé leur pouvoir.

Il se fatiguait de plus en plus facilement et ne sortait plus qu'en voiture. Son cœur s'affaiblissait, loin de le rassurer comme le faisait l'imaginaire. Néanmoins, il revint, il revint plusieurs fois, et, pendant six mois, hanta ce lieu dans un regain de fidélité et d'impatience. L'église n'était pas chauffée l'hiver, et il lui était interdit de s'exposer au froid, mais l'éclat de son sanctuaire était tel qu'il pouvait presque se chauffer à ses rayons. Il se demandait à quelle extrémité il avait réduit sa compagne, et ce qu'elle devenait pendant son absence. Il y avait d'autres églises, d'autres autels, d'autres cierges ; sa piété avait bien dû trouver moyen de s'exercer ; il n'avait pu la priver totalement de ses rites. Voilà ce qu'il se disait, mais sans plaisir aucun, car il savait qu'elle ne trouverait rien, nulle part ailleurs, qui approchât cette montagne de flammes dont elle lui avait dit, un jour, qu'elle comblait son vœu. Plus ce symbole reprenait d'importance à ses yeux, plus il s'adonnait régulièrement à ses rites, et plus il souffrait de l'imaginer plongée dans l'obscurité, car jamais son culte n'avait été plus réel qu'en ces dernières semaines, et jamais l'assemblée de ses morts n'avait autant paru lui répondre et même l'appeler.

Il se perdait dans ce grand flamboiement, qui devenait peu à peu ce qu'il avait toujours souhaité : une vision aussi éblouissante que celle du ciel pour l'esprit d'un enfant. Il errait dans les champs de lumière, il avançait parmi les rangées de cierges, parmi les flammes, parmi les noms ; il passait entre ces emblèmes d'une lumière intense et blanche, entre ces âmes sauvées. Sa nature profonde se réjouissait de la calme certitude d'avoir sauvé ses morts. Il ne s'agissait pas d'un vague salut théologique, ni d'un espoir de survie né d'un monde éphémère ; ils étaient sauvés, bien mieux que par la foi ou les intentions, sauvés pour le monde chaleureux qu'ils avaient eu horreur de quitter, sauvés pour le présent et la continuité, et pour l'assurance du souvenir humain.

Le temps était venu où il survivait à tous ses amis ; la dernière flamme datait de trois ans, et il n'y avait plus personne à ajouter à ses morts. Il ne cessait de les compter, et leur liste lui semblait longue et achevée. Où donc pourrait-il allumer une ultime flamme, où donc, même s'il n'y avait pas d'autre obstacle, pourrait-elle trouver place ? Il constata, avec une mauvaise foi dont il était conscient, que cette place serait difficile à déterminer. D'ailleurs, plus il vivait en compagnie de sa petite troupe, à ressasser d'anciens souvenirs, à retourner les coquilles vides et à jouer avec le silence, plus il constatait qu'il n'y avait jamais introduit d'étranger. Il avait eu des élans de pitié, des complaisances — dont certaines avaient été très grandes — mais la qualité essentielle de son culte n'était-elle pas le respect ?

Il s'étonnait lui-même de sa propre obstination. A la fin de l'hiver, il ne cessait de penser à sa responsabilité. Son esprit était las de cet éternel refrain, de cette supplication pour un seul cierge de plus. Un jour vint où, par pure lassitude, il fut prêt, si la symétrie l'exigeait, à céder à la symétrie. La symétrie était l'harmonie, et l'idée de l'harmonie l'obsédait. Il se dit que l'harmonie était tout. Il détruisit son œuvre en imagination, lui donna d'autres lignes, une autre composition et de nouveaux contrastes. Il changea les cierges de place, modifia leur espacement, effaça la discordance d'une lacune possible. Il découvrit des combinaisons subtiles et complexes, tout un réseau d'allusions, et, par moments, il semblait lui-même entrevoir le vide qui avait été si sensible à celle qui maintenant errait en exil ou demeurait assise là où il l'avait vue, en face du portrait d'Acton Hague. Il finit ainsi par concevoir un ensemble idéal où se lisait clairement la possibilité d'un nouveau cierge : « Un seul de plus — pour parachever le tout ! Un seul de plus, rien qu'un seul ! » Cette pensée qui le poursuivait était empreinte d'un étrange désarroi, car il sentait que le jour était proche où il serait devenu l'un des Autres. Mais que lui importeraient alors les Autres, qui n'importaient qu'aux vivants ? Lorsqu'il serait lui-même un de ces morts, que lui importerait son autel, puisque son rêve de le sauvegarder se serait évanoui ? Que venait faire l'harmonie, si toutes les lumières étaient éteintes ? Ce qu'il avait souhaité, c'était une création destinée à durer. Il pourrait la faire durer sous quelque autre prétexte, mais elle aurait perdu sa signification particulière, car cette signification était inséparable de la vie de la seule autre personne qui la comprît.

En mars, une maladie le contraignit à rester une quinzaine de jours au lit. Quand il alla mieux, on lui rapporta deux choses qui s'étaient passées : d'abord, une dame, dont les domestiques ignoraient le nom (elle ne l'avait pas laissé) était venue trois fois demander de ses nouvelles ; ensuite, tandis qu'il délirait dans son sommeil, on l'avait entendu murmurer à plusieurs reprises : « Un seul de plus, rien qu'un seul ! »

Dès qu'il se sentit assez bien pour sortir, et avant que son médecin lui en eût donné l'autorisation, il se fit conduire chez celle qui était venue demander de ses nouvelles. Elle n'était pas là, ce qui lui permit, avant que sa faiblesse ne le reprît, de retourner à l'église.

Il entra seul, ayant refusé, avec la fermeté courtoise qui était la sienne, la compagnie de son domestique ou d'une infirmière. Il savait parfaitement ce que ces braves gens pensaient : ils avaient découvert sa relation secrète, l'aimant qui l'avait attiré pendant tant d'années, et sans doute avaient-ils interprété à leur façon les paroles étranges qu'ils lui avaient répétées. L'inconnue était cette relation secrète, voilà ce qui devenait clair, à voir sa hâte indécente à la rejoindre. Il se laissa tomber sur les genoux devant son autel, la tête dans les mains, terrassé par sa faiblesse et sa fatigue de vivre. Il lui sembla être venu pour la reddition suprême. D'abord, il se demanda comment fuir, puis, ne croyant plus qu'il en avait le pouvoir, il perdit peu à peu jusqu'au désir de bouger. Il était venu, comme les autres fois, dans le dessein de se perdre. Les champs de lumière s'étendaient toujours devant lui pour qu'il s'y promenât, mais, cette fois, il sentit qu'il errait pour ne jamais revenir. Il s'était donné à ses Morts et tout était bien. Cette fois, ses Morts sauraient le garder.

Il ne put se relever, il sentit qu'il ne le pourrait jamais plus ; tout ce qu'il pouvait faire était de lever les yeux et de les tenir fixés sur les lumières. Elles brillaient d'un feu étrange, insolite, mais la flamme qui l'avait toujours fasciné scintillait plus que jamais. Elle était la voix centrale du chœur, le foyer incandescent de clarté, et, ce jour-là, elle semblait étendre et déployer ses grandes ailes de feu. Tout l'autel flamboyait, éblouissait, aveuglait. La source de cet immense rayonnement brûlait d'une flamme plus pure que les autres : peu à peu, elle prit forme — la forme de la beauté et de la charité humaines, celle du lointain visage de Mary Antrim. Elle lui sourit du haut du firmament et le submergea dans la gloire qu'elle projetait sur lui. Il courba la tête et se soumit, tandis qu'une autre vague déferlait sur son être. L'acuité de sa joie se transformait-elle en douleur ? Il est certain qu'au plus fort de l'extase, il sentit son visage, caché entre ses mains, devenir brûlant, comme si ce que lui révélait cette vision avait la puissance d'un reproche. Il compara le bonheur qu'il éprouvait à la félicité qu'il avait refusée à un autre. Ce souffle de passion immortelle, c'était tout ce que l'autre avait imploré ; l'apparition de Mary Antrim prépara son âme à accueillir, dans un grand frisson de remords, l'apparition d'Acton Hague. On eût dit que Stransom avait déchiffré le message de son regard.

Après un moment, il regarda autour de lui avec désespoir, comme s'il sentait se tarir la source de la vie. L'église était déserte, il était seul, mais il avait encore une chose à faire, une chose à demander. Cette pensée lui donna la force de se relever : il se retourna, s'appuyant au dossier d'un banc. Derrière lui se tenait une silhouette agenouillée, une silhouette familière : celle d'une femme en grand deuil, abîmée dans la douleur ou la prière. Il l'avait déjà vue en d'autres temps — la première fois qu'il était entré dans cette église ; il chancela légèrement, et la fixa des yeux jusqu'à ce qu'elle s'en aperçût. Elle leva la tête et rencontra son regard. Celui qui avait si longtemps partagé son culte était revenu. Elle l'observa un instant, avec une expression d'étonnement effrayé, et il comprit qu'il lui avait fait peur. Se relevant très vite, elle alla droit vers lui, les mains tendues.

— Alors, vous avez pu venir ? Dieu vous a envoyée ! murmura-t-il avec un sourire heureux.

— Vous êtes très souffrant... vous ne devriez pas être ici, répondit-elle avec inquiétude.

— Je crois que Dieu m'a envoyé, moi aussi. J'étais malade en arrivant, mais vous avoir vue fait des miracles.

Il lui tenait les mains, et elle le soutenait, le ranimait.

— J'ai une chose à vous dire, reprit-il.

— N'en faites rien ! supplia-t-elle avec tendresse. Laissez-moi vous la dire ! Cet après-midi, par miracle — le plus doux des miracles — le sentiment de ce qui nous séparait m'a quittée. J'étais sortie, je réfléchissais, tout près d'ici, seule, quand, brusquement, quelque chose s'est modifié en moi. Je vous le dis, je vous en fais l'aveu. Retourner ici, revenir ici tout de suite, cette idée me donnait des ailes. C'était comme si j'avais entrevu quelque chose — et que tout devînt possible. Que nous venions ici pour la même raison, cela suffisait. C'est pourquoi je suis revenue. Je ne suis pas ici pour ce qui me concerne — c'est fini. Je suis ici pour *eux*.

Haletante, mais totalement délivrée par cette confession à voix basse, elle contempla — et ses yeux reflétèrent — la splendeur de leur autel.

— Ils sont là pour vous, dit Stransom, ils sont plus présents ce soir que jamais. C'est pour vous qu'ils parlent, dans l'ardeur de leurs flammes, et qu'ils chantent comme un chœur céleste. N'entendez-vous pas ce qu'ils disent ? Ils offrent cela même que vous vouliez de moi.

— N'en parlez plus... n'y pensez plus, oubliez-le ! implora-t-elle à mi-voix.

L'angoisse s'accrut au fond de ses prunelles. Elle retira une de ses mains, et passa son bras autour de Stransom pour le soutenir et l'aider à gagner un siège. Il se laissa aller, et, s'appuyant à elle, s'effondra sur le banc ; elle s'agenouilla à côté de lui, et il demeura ainsi un instant, le regard levé vers le sanctuaire.

— Ils disent qu'il y a un vide. Ils disent que la figure n'est pas achevée. Rien qu'un de plus..., ajouta-t-il doucement, n'est-ce pas ce que vous vouliez ? Oui, un de plus, un de plus.

— Ah non, plus rien, plus rien ! gémit-elle, prise d'une horreur subite.

— Si, un de plus, reprit-il simplement, un seul !

A ces mots, sa tête retomba sur l'épaule de sa compagne. Elle sentit que, de faiblesse, il s'était évanoui. Et, seule avec lui dans l'église obscure, elle fut saisie d'épouvante devant ce qui pouvait encore arriver, car le visage de Stransom avait la pâleur de la mort.

Dans la cage

1

Elle avait vite compris que dans sa situation — celle d'une jeune femme en cage pour la vie derrière la grille d'un guichet, comme un cobaye ou une pie — elle connaîtrait beaucoup de gens sans être connue d'eux. Il suffisait qu'entrât à la poste quelqu'un qu'elle « connaissait du dehors » comme elle disait, pour que son cœur se mît à battre, et bien qu'un pareil événement fût singulièrement rare, et ses conséquences des plus restreintes, il relevait un peu la médiocrité de sa tâche. Cette tâche consistait à rester assise en compagnie de deux jeunes gens, l'un second télégraphiste et l'autre caissier, à s'occuper du télégraphe qui sonnait sans arrêt, à distribuer les timbres et les mandats, peser les lettres, répondre à des questions ineptes, rendre une monnaie que souvent elle n'avait pas, et surtout à compter des mots innombrables comme des grains de sable, les mots des télégrammes jetés du matin au soir par l'ouverture du grillage, sur la tablette encombrée que son bras parcourait sans cesse au point d'en être douloureux. Il fallait rester soit devant, soit derrière cette clôture transparente, selon que le destin vous avait placé d'un côté ou de l'autre du comptoir qui occupait l'angle le plus obscur d'une boutique infestée nuit et jour, en hiver par l'odeur méphitique du gaz et, en toutes saisons, par celles du jambon, des fromages, des poissons séchés, des savons, des vernis, de la paraffine et autres denrées solides ou liquides qu'elle reconnaissait parfaitement à leur relent, mais dont elle se refusait à connaître le nom.

La cloison qui séparait le petit bureau de poste de l'épicerie n'était qu'une frêle charpente de bois et de grillage, mais elle creusait un gouffre social et professionnel que la jeune fille, grâce à une de ces chances données par le destin, n'avait pas à franchir publiquement. Lorsque les jeunes gens du magasin de Mr. Cocker quittaient leur comptoir pour faire la monnaie d'un billet de cinq livres (car la clientèle de chez Cocker comprenait, outre le « gratin » répertorié dans l'*Annuaire de la Cour*, les habitants de Simpkin, Laddle et Thrupp, les somptueuses demeures qui faisaient juste le coin de la rue, et la boutique bruissait du froissement des billets), elle allongeait les pièces d'or comme si le demandeur n'eût été à ses yeux qu'une de ces ombres éphémères qui composaient le grand défilé des clients. Elle affichait cette indifférence vis-à-vis des commis en raison même du lien — réservé à l'extérieur — qu'elle s'était laissée aller à nouer avec une imprudence ridicule : elle voyait les autres d'autant moins qu'une fois pour toutes, irrémédiablement, elle avait vu Mr. Mudge.

Elle était, malgré tout, légèrement honteuse de

devoir s'avouer que la promotion de Mr. Mudge à un poste qui comportait de plus hautes responsabilités, mais le rapprochait de gens moins huppés, n'était pas une réduction, comme elle se plaisait à le dire, mais une ascension vraiment brillante. En tout cas, il avait cessé de s'imposer à sa vue toute la journée, et cela donnait un semblant de nouveauté à leurs retrouvailles du dimanche. Pendant les trois mois où il était resté chez Cocker après qu'elle eut consenti à leur union, la jeune fille s'était souvent demandé ce que le mariage pourrait ajouter à une intimité déjà si grande. Il était passé et repassé devant elle, de l'autre côté du comptoir, dont pendant deux ans il avait été le principal attrait, avec sa taille plus haute que celle des autres, son tablier plus blanc, ses cheveux plus drus, et jusqu'à ses « h » plus aspirés — trop aspirés — et on eût dit qu'il foulait l'étroit plancher de leur médiocre avenir. Elle se rendait compte, maintenant, de l'avantage qu'elle avait à n'être pas obligée de songer en même temps au présent et à l'avenir, car elle avait déjà fort à faire en les affrontant séparément.

Néanmoins, elle ne pouvait prendre à la légère la proposition que Mr. Mudge venait de lui renouveler dans une lettre : quitter son bureau de poste pour un autre de la même importance (car elle ne pouvait prétendre à mieux) dans le magasin où il avait été nommé chef de rayon, afin que, suspendu du matin au soir devant elle comme une marionnette, il la vît « à toutes les heures », comme il disait, dans ce lointain quartier au nord-ouest de Londres où elle économiserait près de trois shillings, rien que sur le logement, en habitant avec sa mère. Il n'y avait rien d'exaltant dans la perspective d'échanger Mayfair pour Chalk Farm, et il était lassant de l'entendre ressasser indéfiniment les mêmes choses. Mais ce n'était rien à côté des difficultés de naguère, à côté des années de misère qu'elles avaient dû traverser, elle et sa mère, tout comme sa sœur aînée, qui avait connu un dénuement presque total, lorsque, lucides mais désarçonnées, dépossédées, dépouillées, dupées, elles avaient glissé, de plus en plus vite, le long d'une pente qu'elle seule avait pu remonter. Sa mère n'avait réagi ni au cours de la chute ni au fond de l'abîme : elle n'avait cessé de s'enfoncer plus profondément en maugréant, sans faire le moindre effort de coquetterie ou de conversation, et fleurant, hélas, de plus en plus souvent le whisky.

2

L'atmosphère était toujours assez paisible chez Cocker lorsque la clientèle de Laddle, de Thrupp et autres lieux huppés était en train de déjeuner, à l'heure — comme disaient familièrement les jeunes commis — du repas des fauves. Un peu plus tôt, elle disposait de quarante minutes pour retourner déjeuner chez elle ; et quand, à son retour, un des commis s'en allait, elle avait souvent une demi-heure pour sortir son ouvrage au crochet, ou un livre graisseux, imprimé en tout petits caractères, un de ces romans consacrés au grand monde qu'elle empruntait dans une bibliothèque, pour un sou par jour. Cette pause sacrée permettait au magasin de garder ses accointances avec la vie élégante et de vivre à son rythme.

Un certain jour, la tranquillité de cette halte donna un éclat particulier à l'apparition d'une dame qui, visiblement, se souciait fort peu de l'heure des repas, et que la jeune fille ne devait jamais oublier. Elle savait bien qu'elle était blasée, du fait de sa profession qui rendait tout public, mais elle avait l'esprit fantasque et une sensibilité exceptionnelle ; bref, elle était sujette à de brusques accès de sympathie ou d'antipathie, qui déchiraient de lueurs rouges son ciel gris, à des lubies soudaines, à des poussées de curiosité morbide.

Elle avait une amie qui avait inventé un nouveau métier pour les femmes, celui de venir s'occuper des fleurs à domicile. Mrs. Jordan avait une façon bien à elle de prononcer ce mot : à l'en croire, « les fleurs » faisaient partie des maisons heureuses au même titre que le charbon ou le journal du jour. Pour une certaine somme par mois, elle se chargeait de faire les bouquets dans toutes les pièces, et les gens découvraient vite à quel point ils avaient eu raison de confier ce travail délicat à la veuve d'un pasteur. Quant à la veuve, intarissable sur le monde dans lequel elle venait de pénétrer, c'était en des termes mirifiques qu'elle décrivait à sa jeune amie comment l'intimité des plus grandes maisons lui était offerte, et comment, lorsqu'elle décorait des tables qui avaient souvent plus de vingt couverts, un seul pas encore aurait suffi à changer sa situation. La jeune fille lui avait demandé si elle ne vivait pas uniquement dans une sorte de solitude tropicale, entourée de domestiques en guise d'indigènes, mais plutôt que de se rendre à une vue aussi dérisoire de sa vie, elle avait répondu à cette question perfide : « Vous n'avez aucune imagination, ma chère ! » — car la porte du grand monde pouvait, selon elle, s'ouvrir à tout moment.

La jeune fille n'avait pas relevé ce propos, et l'accepta avec bonne humeur, sachant ce qu'il convenait d'en penser. C'était un de ses griefs préférés, une de ses idées fixes, que personne ne fût capable de la comprendre ; aussi, le manque de compréhension de Mrs. Jordan ne rencontra chez elle qu'indifférence, même si — parce qu'elle avait connu elle aussi, prématurément, des revers de fortune — Mrs. Jordan était la seule relation en qui elle reconnaissait une égale.

Elle savait pertinemment que le plus clair de sa propre vie se passait en spéculations, et elle eût volontiers soutenu, si cela en avait valu la peine, que ses inventions devaient avoir une force remarquable, puisque ses occupations demeuraient impuissantes à les détruire.

La belle affaire que de tirer parti des fleurs et des feuillages ! Elle se disait que son affaire *à elle* était de tirer parti des hommes et des femmes. La seule chose qui pouvait diminuer l'activité de son imagination, c'était le nombre de ses contacts avec les humains : ils étaient si fréquents qu'ils perdaient parfois leur sel, et, à certains moments, son inspiration et sa curiosité retombaient. L'essentiel était ces instants de vision, ces brusques réminiscences dues au plus pur des hasards, imprévisibles, irrésistibles. Il suffisait parfois qu'un client lui tendît une pièce pour acheter un timbre, et soudain l'éclair fondait sur elle. Sa nature était si étrange que ces instants la consolaient de tout — de son calvaire sur ce pilori où elle se sentait clouée, de l'hostilité sournoise de Mr. Buckton, des assiduités exaspérantes du caissier, de la lettre quotidienne, sinistre et fleurie, de Mr. Mudge, et même de l'angoisse qui la hantait le plus : la rage de ne pas savoir comment sa mère parvenait à « se ravitailler ».

Depuis quelque temps, elle avait élargi son champ d'investigations, ce que l'on pourrait expliquer vulgairement par le fait que la saison battait son plein et que les remous du grand monde venaient éclabousser de leur écume le comptoir, où elle recueillait chaque jour davantage d'impressions nouvelles et vivait, c'est certain, d'une vie plus intense. Quoi qu'il en soit, au cours du mois de mai, elle découvrit que la clientèle qu'elle côtoyait chez Cocker lui donnait un motif de différer son engagement auprès de Mr. Mudge. Bien sûr, invoquer ce motif semblait d'autant plus absurde que la fascination exercée sur elle par cet endroit était une sorte de torture. Mais à cette torture, elle avait pris goût ; cette torture lui manquerait à Chalk Farm. C'est pourquoi elle était aussi habile et hypocrite pour taire combien de temps encore l'étendue de Londres allait la protéger de l'austérité qui la menaçait. Si elle n'eut pas le courage d'avouer à Mr. Mudge que les jongleries mentales auxquelles elle se livrait valaient bien plus que les trois shillings hebdomadaires qu'il voulait lui faire économiser, il se produisit pourtant, dans le courant du mois, un événement qui, au moins dans le secret de son cœur, résolut la question. Cet événement avait un lien précis avec l'apparition inoubliable de la dame.

3

Celle-ci présenta trois télégrammes griffonnés dont la jeune fille s'empara en hâte, car Mr. Buckton avait un instinct sûr et pervers pour lui voler la satisfaction particulière qu'elle recherchait. Dans l'espoir de se distraire, les prisonniers développent une ingéniosité désespérée, et, parmi les romans de quatre sous que lisait notre jeune amie, se trouvait le charmant conte de *Picciola.* La règle était évidemment de « ne pas faire attention », comme disait Mr. Buckton, aux clients que l'on servait, mais cela n'empêchait personne, pas même lui, de s'adonner aux plaisirs de l'observation, ce qu'il appelait « s'amuser sous cape ». D'ailleurs, les deux collègues de la jeune fille ne faisaient aucun mystère des préférences qu'ils éprouvaient pour certaines de leurs clientes ; mais, malgré ces tendres familiarités, elle les avait maintes fois surpris en train de confondre les personnes et de proférer des absurdités, avec un manque d'à-propos qui lui rappelait que l'intelligence des hommes s'arrête là où commence celle des femmes.

Marguerite, Regent Street. Essayage six heures. Pure dentelle espagnole. Perles. Robe longue. Tel était le premier télégramme ; il n'était pas signé.

Lady Agnes Orme. Hyde Park Place. Impossible ce soir, dîner Haddon. Opéra demain, promis à Fritz, mais pourrais théâtre mercredi. Essaierai Haddon pour le Savoy et tout ce que vous voudrez si vous pouvez avoir Gussy. Dimanche Montenero. Pose Mason lundi, mardi. Marguerite épouvantable. Cissy. Tel était le second.

Le troisième, la jeune fille le remarqua, était rédigé sur un formulaire pour l'étranger : *Everard. Hôtel Brighton, Paris. Contentez-vous comprendre et croire. 22 au 26 et certainement 8 et 9. Peut-être plus. Venez. Mary.*

Mary était très belle, la plus belle femme, se dit-elle aussitôt, qu'elle eût jamais vue — mais peut-être n'était-elle que Cissy. Peut-être était-elle à la fois Mary et Cissy ? La jeune fille avait vu des choses plus étranges qu'une dame qui télégraphie à diverses personnes sous des noms différents. Elle avait vu bien des choses, reconstitué bien des mystères. Un jour — il n'y avait pas longtemps —, elle avait vu une dame envoyer sans sourciller cinq télégrammes avec cinq signatures différentes. Peut-être ces signatures représentaient-elles cinq amies qui l'avaient chargée de télégraphier pour elles, car toutes les femmes, comme à présent Mary et Cissy, ou l'une des deux, télégraphiaient par procuration. Parfois, la jeune fille allait trop loin dans ses interprétations, elle y mettait trop d'elle-même ; parfois, elle n'allait pas assez loin ; mais dans les deux cas, elle s'en apercevait souvent plus tard, car elle était extraordinairement douée pour déceler les indices. Ce qu'elle avait vu, elle l'avait bien vu ; il n'y avait pas à sortir de là. Des jours et des jours se passaient, parfois même des semaines, sans que rien n'arrivât. C'était souvent le résultat des manigances diaboliques de Mr. Buckton, qui réussissait à la retenir au télégraphe chaque fois qu'un divertissement s'annonçait. Le télégraphe, dont il devait lui aussi s'occuper, était le cachot le plus profond de la prison, une cage dans la cage, séparée du reste du magasin par une cloison de verre dépoli. Elle aurait pu faire ce qu'elle voulait du caissier, car sa passion pour elle l'avait rendu idiot. Mais elle se flattait avec superbe de ne jamais devenir son obligée, tant la proximité de cette passion lui était désagréable. Le maximum auquel elle consentît était de lui passer les lettres à enregistrer, chaque fois qu'elle le pouvait, car elle détestait particulièrement ce travail. Après de longues périodes de calme plat, survenait presque toujours la saveur aiguë de la nouveauté, qu'elle goûtait avant de la reconnaître : c'était cette saveur qu'elle goûtait à présent.

Vers Cissy, ou vers Mary, peu importe laquelle, elle sentit sa curiosité s'élancer avec violence, dans une effusion muette qui lui ramenait, comme dans le reflux des marées, la couleur et la splendeur vivantes de cette belle tête, la lumière de ces yeux qui semblaient refléter bien autre chose que ce qu'ils voyaient, et surtout cette politesse raffinée et coupante qui, jusque dans les moments difficiles, était pour elle comme une seconde nature, de la même essence que toutes les caractéristiques — sa beauté, sa naissance, ses parents, sa famille et sa lignée d'ancêtres — dont elle n'aurait pu se défaire, l'eût-elle voulu. Comment notre obscure petite employée comprit-elle que la dame aux télégrammes traversait justement un moment difficile ? Comment devina-t-elle tout de suite des choses que rien ne laissait présager, qu'un drame était sur le point de se dénouer, et qu'un lien unissait cette dame au monsieur de l'Hôtel Brighton ? A travers les barreaux de la cage, il lui apparut, avec une netteté accrue, qu'elle se trouvait, enfin, devant la réalité pure, la vérité nue, dont elle n'avait jusqu'à présent saisi que des bribes — qu'elle se trouvait, pour tout dire, devant l'une de ces créatures nées pour le bonheur, qui s'épanouissent dans l'atmosphère qu'elles créent, avec une insolence inconsciente. Ce qui alla droit au cœur de la jeune fille, c'était la façon dont cette insolence était tempérée par des marques de distinction, l'habitude de se pencher comme une grande fleur sur des êtres de condition plus modeste, et un parfum fugitif, un souffle léger, mais pénétrant et durable. La nouvelle venue était jeune mais certainement mariée, et malgré son travail absorbant, notre amie connaissait assez la mythologie pour lui attribuer le port de Junon. Marguerite pouvait être une couturière « épouvantable », mais elle savait habiller une déesse.

Des perles et de la dentelle d'Espagne — elle les voyait, ainsi que la robe longue et les nœuds de velours rouge qui, disposés sur la dentelle d'une certaine manière (elle les aurait placés en un tour de main), ornaient, bien sûr, le corsage de la robe noire en soie brochée, pareille à celle des tableaux. Mais ce n'était ni pour Marguerite, ni pour Lady Agnes, ni pour Haddon, Fritz ou Gussy, que la dame qui allait porter cette toilette était venue. Elle était venue pour Everard — et ce nom n'était sans doute pas plus vrai que les autres. Si notre jeune amie ne s'était jamais aventurée aussi loin, c'était qu'elle n'avait encore jamais ressenti d'émotions aussi fortes. Elle alla jusqu'au bout. Mary et Cissy avaient ensemble — une et superbe — rendu visite à Everard, qui de toute évidence habitait au coin de la rue ; venue pour arranger les choses ou faire une nouvelle scène, Mary-Cissy avait trouvé l'oiseau envolé — envolé exprès pour le lui faire sentir. Elle était donc allée au bureau de poste le plus proche, chez Cocker, pour y envoyer trois télégrammes, dissimulant ainsi celui auquel elle tenait secrètement. Les deux premiers servaient à camoufler et à faire passer le troisième. Oh ! oui, notre amie alla jusqu'au bout ; c'était ainsi qu'elle procédait souvent. Cette écriture, elle la reconnaîtrait n'importe quand : aussi élégante que la dame elle-même, elle était une émanation de tout son être. La dame avait bousculé le domestique d'Everard en apprenant que celui-ci avait fui, puis elle était entrée dans sa chambre et avait écrit le télégramme sur sa table, et avec sa plume. Tout, jusqu'au moindre détail, était perceptible dans le parfum qu'elle répandait et qui persistait derrière elle. Et parmi les certitudes de la jeune fille, il y avait, heureusement, celle de la revoir.

4

Elle la revit, en effet, et seulement dix jours plus tard ; mais cette fois-ci, par une chance extraordinaire, elle n'était pas seule. La jeune fille, qui était assez fine pour discerner tous les possibles, avait élaboré une douzaine de théories contradictoires au sujet du type d'homme auquel Everard appartenait ; mais, dès l'instant de leur arrivée, tout se précisa avec une netteté qui la frappa en plein cœur. Car son cœur se mit à battre la chamade lorsqu'elle vit s'approcher le gentleman qui accompagnait Cissy, et qui, vu de la cage, devint aussitôt le bonheur suprême que son imagination avait octroyé à l'amie de Fritz et de Gussy. Oui, il incarnait vraiment le bonheur suprême, lorsque, la cigarette aux lèvres, parlant à bâtons rompus avec sa compagne, il déposa sur le comptoir la demi-douzaine de télégrammes qu'ils allaient mettre ensemble plusieurs minutes à expédier. Il se passa un phénomène étrange : alors que l'intérêt si vif de la jeune fille pour la compagne d'Everard l'avait aidée à saisir le sens de ses télégrammes, le fait de le voir devant elle, pendant qu'elle comptait les soixante-dix mots qu'il avait rédigés, la paralysa complètement. Ses mots n'étaient plus que des chiffres qui ne lui disaient absolument rien. Après son départ, elle se retrouva dénuée de tout, n'ayant réussi à retenir aucun nom, aucune adresse, aucun sens, et gardant seulement le souvenir d'une voix douce et d'une forte présence. Il avait été là cinq minutes à peine, elle avait senti sur son visage les bouffées de sa cigarette, mais, toute à ses télégrammes, occupée à manier son crayon, prise par l'angoisse du danger et de l'odieuse trahison qu'amènerait la moindre erreur, elle n'avait risqué aucun coup d'œil, elle n'avait osé aucune manœuvre d'approche. Pourtant, elle l'avait percé à jour, elle avait tout compris, et sa décision était prise.

Il était revenu de Paris ; tout s'était arrangé. Le couple s'était resserré pour affronter l'univers et gagner la grande partie compliquée qu'il jouait. La jeune fille sentait le rythme secret et délicat de leur complicité envahir l'atmosphère, pendant qu'ils se trouvaient dans le magasin. Pendant qu'ils s'y trouvaient? Mais ils s'y trouvèrent toute la journée, car leur présence demeura auprès d'elle, persistante, mêlée à tout ce qu'elle fit jusqu'à la tombée de la nuit, mêlée aux milliers de mots qu'elle compta et transmit, à tous les timbres qu'elle colla, à toutes les lettres qu'elle pesa, à la monnaie qu'elle rendit avec une indifférence et une exactitude imperturbables, évitant, quand le flot des clients augmenta au cours de l'après-midi, de lever les yeux sur leurs visages affreux et d'entendre leurs questions oiseuses, auxquelles elle répondait néanmoins avec patience et précision. Toutes les patiences devenaient possibles désormais, toutes les questions devenaient oiseuses après les siennes, et affreux tous les visages. Elle avait toujours été sûre de revoir cette dame, et, maintenant encore, il était possible, il était probable qu'elle la reverrait souvent. Quant à lui, c'était bien autre chose : jamais elle ne le reverrait, jamais. Elle en avait trop le désir. Il y a des désirs qui sont propices, sa riche expérience le lui avait appris, mais il y a des désirs funestes. Dans le cas présent, c'était un désir funeste : il ferait obstacle.

Or elle le revit le lendemain même. Cette fois, ce fut tout différent : le sens de chaque syllabe qu'il envoya lui apparut avec netteté ; elle sentit que son crayon, reformant, comme pour les couvrir de caresses, les lettres qu'il avait tracées, infusait la vie à tous ses mots. Il resta longtemps ; il n'avait pas préparé ses télégrammes et les rédigea sur un coin du comptoir — mais il y avait bien d'autres clients à servir, une foule toujours renouvelée de gens qui se bousculaient, qui voulaient tous être servis avant les autres et réclamaient sans fin des renseignements ou de la monnaie. Mais, dans tout cela, elle ne le quitta pas des yeux ; elle resta près de lui, comme Mr. Buckton, derrière l'odieuse cloison de verre dépoli, resta — heureusement — près du télégraphe. Ce matin-là, tout changea, mais sur un mode sinistre ; elle dut accepter le démenti infligé à sa théorie des désirs funestes, ce qu'elle fit sans pudeur et même avec désinvolture. Car s'il était maintenant certain qu'*il* habitait tout près, à Park

Chambers, et faisait évidemment partie de cette classe qui télégraphie tout, même les sentiments qui lui reviennent cher (alors qu'il n'écrivait jamais de lettres, sa correspondance devait lui coûter chaque semaine un bon nombre de livres, et il lui arrivait d'aller à la poste plusieurs fois par jour), il y avait pourtant dans ce procédé, à cause de sa clarté excessive, une sorte de tristesse perverse, presque de pauvreté.

Pendant un mois, il fut très assidu, mais ni Cissy ni Mary ne réapparut à son bras. Il était toujours seul, ou bien accompagné par un gentleman qu'éclipsait sa rayonnante personnalité. Mais il y avait un autre plan — il y en avait même plus d'un — sur lequel elle devait compter avec la créature splendide à laquelle elle l'avait tout d'abord associé. Il n'adressait jamais sa correspondance à Mary ni à Cissy ; pourtant la jeune fille était certaine de l'identité de la personne à laquelle il télégraphiait sans cesse à Eton Square — dans des termes toujours irréprochables ! — au nom de Lady Bradeen. Lady Bradeen était Cissy, Lady Bradeen était Mary, Lady Bradeen était l'amie de Fritz et de Gussy, la cliente de Marguerite, et, en un mot, la fidèle alliée (ce n'était exact que dans l'idéal, mais la jeune fille n'avait pas encore trouvé le terme adéquat) du plus éblouissant des hommes. Rien ne pouvait égaler la fréquence et la variété des messages qu'il adressait à Lady Bradeen, si ce n'est l'extraordinaire, l'indicible élégance du langage qu'il utilisait. C'était tout à fait le genre de conversation — parfois si prolixe qu'elle se demandait ce qui leur restait à dire quand ils se rencontraient — que peuvent avoir des gens dont le bonheur est total. Ils devaient se rencontrer constamment, car la moitié des télégrammes consistait en rendez-vous et en allusions qui baignaient dans un flot d'autres allusions, le tout mêlé à un enchevêtrement de questions qui donnait une fabuleuse image de leur vie. Si Lady Bradeen était Junon, tout ce qui la touchait était olympien. Et même si la jeune fille était privée des réponses et des épanchements de cette lady, si elle rêvait parfois que Cocker fût l'un de ces grands bureaux où se font à la fois l'arrivée et l'expédition des télégrammes, elle parvenait à serrer de plus près les grandes lignes de cette idylle, grâce à la dose d'imagination qu'elle exigeait. Les heures, les jours de son nouvel ami — comme elle en vint à l'appeler — se déroulaient devant elle, et, même si elle en avait appris davantage, elle eût encore souhaité aller plus loin ; et de fait, elle alla plus loin, elle alla même très loin.

Pourtant, au bout d'un mois, c'est à peine si elle pouvait reconnaître les messieurs qui l'accompagnaient, en dépit du fait qu'ils avaient toujours, eux aussi, des lettres ou des télégrammes à envoyer, où ils apposaient ou non leur signature, tout en lui fumant au nez. Quand il était là, ceux qui l'accompagnaient n'existaient tout simplement pas. Et s'ils venaient sans lui, ils n'existaient que par le halo qui l'évoquait. Lui, lui seul — qu'il fût absent ou présent — était tout. Il était très grand, très blond, et malgré ses soucis il gardait toujours une bonne humeur exquise, d'autant plus exquise qu'elle le rendait patient. Il aurait pu lui tendre ses télégrammes par-dessus la tête de tous, et tous sans exception l'eussent laissé faire ; mais il était d'une affabilité extrême, il attendait son tour avec une politesse touchante, sans jamais agiter devant elle la formule qu'il tenait à la main pour passer avant les autres, sans crier « Voilà ! » d'un ton acerbe.

Il attendait derrière les vieilles dames qui traînaient, les servantes bouche bée et les inévitables chasseurs de Thrupp. Elle, dans tout cela, ne désirait passionnément savoir qu'une chose : la reconnaissait-il, et pouvait-elle avoir à ses yeux la moindre séduction ? A certains moments, il lui donnait vraiment l'impression de vouloir l'aider, la soutenir, la soulager, lui épargner toute fatigue. Mais le caractère singulier de notre jeune amie était ainsi fait qu'elle eut le cœur serré en se rappelant qu'avec les gens terriblement polis — les gens de ce monde-là — il est impossible de savoir ce qu'ils pensent. Leur politesse est la même pour tous, et ils ne risquent guère de remarquer une simple petite employée, fût-elle originale et accablée de travail. Ce qu'il trouvait naturel, c'était la facilité ; son grand charme, sa façon de rallumer une cigarette tout en attendant, la manière dont d'instinct il distribuait les faveurs, les grâces et les bienfaits, venaient de sa sécurité dorée et de sa certitude de ne jamais manquer de rien. Il était à la fois très enjoué et très grave, très jeune et admirablement accompli, et quelle que fût la facette de son être qu'il montrait, elle exprimait aussi bien que les autres tout l'épanouissement de sa personne. Parfois il était Everard, comme il l'avait été à l'Hôtel Brighton, et parfois il était le capitaine Everard. Parfois il faisait précéder son nom du prénom de Philip, et parfois il signait Philip tout court. Certains jours, il s'appelait simplement Phil ; d'autres jours, il s'appelait le « Capitaine ». En certaines circonstances, il n'était rien de tout cela, mais un être absolument différent : « le Comte ». Pour quelques amis, il était William. Pour d'autres, peut-être par allusion à son teint, il était « Œillet rose ». Une fois, une fois seulement, Dieu merci, par une coïncidence comique invraisemblable, il s'était confondu avec quelqu'un d'aussi proche que lui de la jeune fille, et s'était appelé « Mudge ». Oui, quel qu'il fût, il y trouvait un peu de son bonheur — quel qu'il fût et tel que sans doute il n'était pas. Et ce bonheur était un peu — cela s'était fait insensiblement — ce qui, depuis qu'elle était chez Cocker, tourmentait la jeune fille.

5

Ce tourment n'était autre que l'étrange élargissement de son expérience, la double vie que, dans la cage, elle finit par mener. A mesure que passaient les semaines, elle vivait de plus en plus dans le monde des effluves et des visions, et sentait ses intuitions devenir de plus en plus aiguës et profondes. Sous leur influence grandissante, le spectacle était prodigieux, toujours plus riche en événements et en personnages, inondé par un torrent de lumière et accompagné par les accords merveilleux d'une musique universelle. Le spectacle était, à cette époque-là, une représentation des divertissements de Londres, ce qui, dans le monologue perpétuel d'un témoin qui devait se contenter de l'être, n'allait pas sans une certaine amertume. C'était comme si on lui faisait humer un bouquet dont elle ne pouvait pas même cueillir une pâquerette. Ce qui gardait encore un reste de fraîcheur dans son labeur quotidien était l'inépuisable diversité, les différences et les contrastes, d'une classe à l'autre, de chaque heure et de chaque geste. A certains moments, tous les fils télégraphiques du pays semblaient partir de ce petit réduit où elle peinait pour gagner sa vie et où, au milieu du piétinement des clients, du frémissement des télégrammes, des coups de tampon et du tintement de la monnaie sur le comptoir, les êtres qu'elle avait pris l'habitude d'évoquer et de réunir, au sujet desquels elle échafaudait mille théories et interprétations, ne cessaient de défiler devant elle. Ce qui lui retournait le fer dans la plaie, c'était de voir comment ces gens nantis et débauchés gaspillaient, en bavardages extravagants sur des plaisirs et des vices non moins extravagants, des sommes qui eussent suffi à toutes les dépenses de l'intérieur misérable où s'était déroulée son enfance craintive, de quoi faire vivre pendant toute leur existence sa malheureuse mère usée de privations, son père harcelé, sa sœur démunie de tout, et le frère qu'elle avait perdu. Les premiers temps, elle avait été suffoquée par les sommes que les gens gaspillaient pour expédier de telles balivernes — les « bien à vous », les « mille regrets », les compliments et les exclamations, toutes ces formules vagues et vaines qui coûtaient le prix d'une paire de chaussures. Elle s'était mise à observer le visage des clients, mais n'avait pas tardé à apprendre que lorsqu'on devient télégraphiste, on doit vite cesser de s'étonner. L'art qu'elle avait de classer les gens tenait du génie : il y avait ceux qu'elle aimait et ceux qu'elle détestait, et sa haine se transformait en une véritable prise de possession, grâce à ses dons très sûrs d'observation et d'analyse. Il y avait celles qu'elle appelait les effrontées, du haut en bas de l'échelle, dont elle guettait et retenait les gaspillages et les convoitises, les querelles et les cachotteries, les liaisons et les mensonges, au point qu'elle éprouvait parfois un sentiment de triomphe pervers à l'idée d'être maîtresse de leur destinée, de détenir leurs secrets mesquins et coupables au fond de sa mémoire tenace, et d'en savoir ainsi plus long sur leur compte qu'elles ne s'en doutaient ou ne l'eussent souhaité. Il y avait celles qu'elle eût aimé trahir, faire trébucher, abattre, en modifiant seulement quelques mots d'une manière fatale ; il suffisait pour cela que naquît en elle une hostilité personnelle provoquée par un détail infime, dans leur voix ou dans leur attitude, et par la relation singulière qu'elle créait aussitôt avec elles.

Elle avait des impulsions de nature différente, tantôt douces et tantôt fermes, qu'elle ressentait particulièrement, et qui provenaient des incidents les plus minimes. En général, elle était inflexible sur le chapitre du règlement qui demandait aux clients de coller eux-mêmes leurs timbres, surtout avec les dames qui s'estimaient trop importantes pour seulement les toucher. Elle jouait ainsi un jeu raffiné et subtil dont elle se flattait qu'il dépassât tous ceux dont elle eût pu être la victime ; même si la plupart des clients étaient trop bornés pour s'en apercevoir, elle en tirait d'innombrables petites consolations et revanches. La même intuition lui permettait de déceler les personnes de son sexe qu'elle eût aimé avertir, secourir, apprendre à connaître ; et cette attitude-là, autant que la première, était dictée par le caprice de ses sympathies personnelles, par sa faculté de découvrir les fils de la vierge et les rayons de lune, et son talent pour récolter les indices et trouver son chemin dans la jungle. Ces rayons de lune et ces fils de la vierge semblaient quelquefois la seule vision que la malheureuse pouvait avoir du bonheur. Il arrivait inévitablement, et peut-être heureusement pour elle, que le spectacle devînt flou et incompréhensible, mais il l'étonnait toujours, quand elle l'apercevait à travers les failles et les crevasses ; ce qui la sidérait surtout, et la blessait au plus vif, tout endurcie qu'elle fût, c'était la révélation de la pluie d'or qui tombait autour d'elle sans même l'effleurer. Jusqu'au bout, elle ne cessa d'être stupéfaite par l'argent que ses amis fortunés pouvaient dépenser pour en gagner davantage, ou même simplement pour crier misère auprès d'autres amis fortunés. Les plaisirs qu'ils offraient n'avaient d'égaux que ceux qu'ils déclinaient, et ils fixaient souvent des rendez-vous si onéreux qu'elle se demandait, songeuse, quelles pouvaient bien être ces délices dont le simple accès était pavé de tant de pièces d'or. Il lui arrivait de frissonner à l'idée de ce que faisait tel ou telle, et de souhaiter prendre leur place rien que pour voir. Son ambition, sa vanité frustrée étaient peut-être monstrueuses : il est certain qu'elle se montait souvent la tête au point de se persuader qu'elle aurait fait bien mieux que les autres. Mais sa plus grande satisfaction était de comparer les hommes qu'elle voyait ; je veux parler de ceux qui, de toute évidence, étaient des gentlemen, car elle dédaignait les êtres contrefaits et déshérités, et n'avait aucune pitié pour les pauvres. Au-dehors, elle n'eût pas hésité à donner une aumône à quelqu'un qui paraissait dans le besoin ; mais son imagination, si fertile en certains domaines, ne s'attachait pas aux misères visibles. Les hommes qu'elle observait, elle les observait surtout sur un plan bien précis, celui dont sa vie dans la cage l'avait convaincue, mieux que rien n'eût pu le faire, qu'il était le plus important.

Bref, elle découvrit que des liens unissaient toujours les dames aux messieurs et réciproquement, et elle apprit à lire dans leurs relations innombrables des péripéties et des significations infinies. Elle en vint à penser que c'étaient les hommes qui avaient le beau rôle, et sur ce point, comme sur beaucoup d'autres, elle élabora une philosophie bien à elle, entièrement basée sur des remarques personnelles et des constatations cyniques : ainsi, les femmes couraient plus après les hommes que les hommes après les femmes ; il était évident que l'un des deux sexes adoptait toujours l'attitude de l'objet poursuivi, se tenant sur la défensive, cherchant à se faire pardonner et à minimiser les choses, tandis qu'elle trouvait en elle assez de ressources pour se former une opinion sur l'attitude de l'autre sexe. Elle se laissait peut-être un peu trop aller à cette habitude de la poursuite quand il lui arrivait de renoncer, et cela seulement en faveur des messieurs, à sa rigueur au sujet des timbres. En un mot, elle avait eu vite fait de décider qu'*ils* étaient plus polis qu'*elles*, et s'il est vrai qu'elle ne remarquait aucun d'eux lorsque le capitaine Everard était là, il y en avait un grand nombre qu'à d'autres moments elle pouvait distinguer, situer et nommer — qui, avec leur façon d'être « gentils » avec elle, et de remuer, au fond de leurs poches qui étaient comme des petits coffres-forts, de lourdes pièces d'or et d'argent mêlées, avaient un extérieur si agréable qu'elle pouvait les envier sans les haïr. Ils n'avaient jamais besoin, eux, de rendre la monnaie : ils se contentaient d'en faire. Ils représentaient toutes les étapes, toutes les nuances de la fortune, et donc autant de hauts que de bas, car ils descendaient parfois la pente jusqu'au niveau de Mr. Mudge et de son économie affable mais obstinée, pour la remonter ensuite avec la vitesse d'une fusée et atteindre ces sommets qui étaient l'idéal de la jeune fille. C'est ainsi que pendant des mois elle les suivit en pensée, à travers mille vicissitudes, mille anxiétés ou accalmies. En fait, la majeure partie du troupeau indistinct qui défilait devant elle ne faisait que passer ; très peu d'êtres la marquaient. La plupart se contentaient de dériver, perdus dans un anonymat insondable, et ne laissaient en elle aucune trace. Aussi tout ce qui s'inscrivait sur la page restée blanche se détachait avec netteté ; elle l'attrapait au vol, s'en emparait, l'examinait, et l'insérait dans son canevas.

6

Chaque fois qu'elle le pouvait, elle rencontrait Mrs. Jordan ; elle apprenait ainsi combien les gens du grand monde, après avoir enduré mille déboires dans les magasins, commençaient à se laisser convaincre — et à apprécier l'avantage — de confier à une personne raffinée ce que les boutiquiers désignent ordinairement par le terme de « décoration florale ». On ne pouvait rien dire contre les décorateurs habituels, mais il y avait une magie singulière dans le goût d'une dame qui n'avait qu'à évoquer, fût-ce à travers le voile du souvenir, ses nombreux petits guéridons, ses vases, ses bibelots, tous ses petits arrangements, et surtout la merveille qu'elle avait faite du jardin du presbytère. Ce domaine, que sa jeune amie n'avait jamais vu, fleurissait, tel un nouvel Eden, dans les propos de Mrs. Jordan, qui, du seul ton dont elle affirmait : « Vous savez bien quelle est ma passion ! », transformait le passé en un parterre de violettes. En tout cas, elle répondait manifestement à un vœu de plus en plus fréquent chez ses contemporains, et pouvait évaluer ce qu'ils éprouvaient en se fiant à elle sans hésiter. Elle leur apportait, surtout pendant le quart d'heure précédant le dîner, un sentiment de paix qui était sans prix. Ce prix, ils le payaient pourtant sans lésiner ; Mrs. Jordan demandait un forfait mensuel, moyennant quoi elle se chargeait de tout.

Un soir, elle revint à la charge auprès de notre héroïne :

— La demande ne cesse d'augmenter ; je m'aperçois que j'ai absolument besoin d'être secondée dans mon travail. Il me faut une associée qui soit de mon milieu, vous comprenez ? Vous savez bien ce qu'ils veulent ? — que cela n'ait pas l'air de venir de chez le fleuriste, mais de chez eux. Eh bien, je suis sûre que *vous*, qui êtes comme eux, vous saurez y faire. Avec vous, je suis sûre de gagner la partie. Alors, acceptez d'être mon associée.

— Et de quitter la poste ?

— Laissez la poste vous apporter votre courrier ! Elle vous en apportera un tas, vous verrez : des commandes par douzaines, en un rien de temps !

Et elle en revenait toujours à son grand argument :

— Chez eux, on se sent revenu chez soi.

Il avait fallu quelque temps à chacune d'elles, après qu'elles eurent été séparées par les drames de l'existence, et qu'elles se furent retrouvées dans la lumière d'une aube indécise, pour admettre que l'autre fût, dans son propre cercle de relations, sa seule égale ; quand, enfin, elles durent se rendre à l'évidence, ce ne fut pas sans un gémissement ; mais, une fois leur égalité dûment reconnue, chacune trouva son compte à surestimer les origines de l'autre. Mrs. Jordan était l'aînée de dix ans, mais sa jeune amie était frappée du peu de différence que cela faisait à présent ; ces années avaient compté bien davantage à l'époque où, liée avec sa mère, la malheureuse veuve s'était retrouvée, comme elles-mêmes, sans un sou vaillant, après avoir épuisé toutes ses ressources, et avait franchi le palier sordide sur lequel s'ouvraient, l'une en face de l'autre, les portes de cette misère commune derrière lesquelles elles vivaient cloîtrées, pour venir leur emprunter du charbon et un parapluie en échange de timbres et de pommes de terre. A l'époque, il n'avait pas été d'un bien grand secours — pour ces dames naufragées, à demi noyées, à demi suffoquées, nageant éperdument afin de survivre — d'être des « dames » ! Mais cet avantage pouvait resurgir dans la mesure où tous les autres avaient disparu, et il était devenu considérable en étant le seul qui leur restât. Elles avaient pu voir peu à peu cet avantage s'enrichir de tout ce qu'elles avaient perdu, et il devenait prodigieux, lorsqu'il leur était donné d'en parler ensemble, de le contempler à travers la morne étendue de leur déchéance, et de s'amener mutuellement à y croire mieux qu'elles ne l'eussent fait séparément. A vrai dire, rien n'était plus important pour elles que de cultiver leur légende, et, depuis qu'elles avaient connu la misère, elles y tenaient encore plus qu'au temps où elles étaient passées par les hauts et les bas de la fortune. Ce qu'elles pouvaient se confier, le plus souvent, c'était combien chacune d'elles comprenait ce que l'autre pensait : une telle communion était une promesse de solidarité.

Mrs. Jordan racontait de façon éblouissante comment, grâce à son art, elle s'y était prise, non seulement pour entrevoir le grand monde, mais pour y pénétrer. Il n'était pas une seule maison de grand style — il ne s'agissait, bien entendu, que de celles-là — où elle ne régnât en maîtresse, car il y avait partout des bouquets à faire. A entendre ces descriptions, la jeune fille éprouvait le sentiment d'être exclue autant qu'elle l'était dans la cage ; et, d'ailleurs, elle savait bien à quel point elle le laissait voir, car son expérience de la pauvreté avait été trop précoce, et son ignorance de ce qu'exigent les maisons de grand style, s'ajoutant à toutes ses expériences passées, créait encore pour elle des abîmes. Au début, elle avait constaté, dans ses conversations avec Mrs. Jordan, qu'elle devait faire semblant de comprendre. Et même si elle s'était rapidement instruite grâce aux occasions de chez Cocker, il subsistait de curieuses lacunes dans ses connaissances : elle n'aurait jamais su, comme Mrs. Jordan, se tirer d'affaire dans de tels intérieurs. Peu à peu, cependant, elle avait fait des progrès, à la lumière projetée par l'ascension de Mrs. Jordan, qui — même si les épreuves et les années n'avaient évidemment pas réussi à régulariser ses traits — avait acquis un air d'autorité presque souverain. Certaines femmes, chez Cocker et ailleurs, paraissaient aimables sans être décoratives, tandis que Mrs. Jordan était décorative, et pourtant, avec ses dents qui avançaient, elle ne paraissait guère aimable. Etrangement, son expression semblait venir des splendeurs au milieu desquelles elle vivait. Il était merveilleux de l'entendre parler si souvent de dîners de vingt personnes et de son talent pour les organiser, comme elle le disait, « à son idée » ; on eût dit qu'elle lançait elle-même les invitations : « Qu'on me donne la table, je me charge du reste. »

7

— Alors, vraiment, vous les voyez ? demanda une fois de plus la jeune fille.

Mrs. Jordan hésita, car ce point n'avait pas encore été éclairci.

— Vous voulez dire : les invités ?

Sa jeune amie, craignant de montrer une naïveté maladroite, resta dans le vague :

— Mon Dieu... les gens qui habitent là...

— Lady Ventnor ? Mrs. Bubb ? Lord Rye ? Mais oui, naturellement. Ils sont si gentils !

— Mais est-ce qu'on les *connaît* vraiment ? poursuivit la jeune fille, sur le ton qu'elle avait adopté. Je veux dire « sur le plan social », vous comprenez : comme vous me connaissez, *moi*.

— Ils ne sont pas aussi gentils que vous ! s'écria gracieusement Mrs. Jordan. Mais je vais les connaître de mieux en mieux.

Ah ! c'était toujours la même histoire :

— Ce sera pour bientôt ?

— Certes. Mais il faut dire, ajouta Mrs. Jordan

avec une louable franchise, qu'ils sont presque toujours sortis.

— Alors pourquoi leur faut-il des fleurs partout ?

— Oh ! je ne vois pas ce que cela change. (N'ayant pas l'esprit logique, Mrs. Jordan avait décidé une fois pour toutes que cela ne changeait rien.) Ils s'intéressent tellement à mes créations que je ne peux manquer de les rencontrer pour en parler.

Son interlocutrice refusait de se laisser intimider :

— Qu'appelez-vous vos créations ?

Mrs. Jordan répliqua superbement :

— Si vous pouviez me voir avec mille tulipes, vous sauriez.

— Mille tulipes ?

La jeune fille demeura bouche bée devant une telle révélation ; l'espace d'un instant, elle se sentit dépassée.

— Mais si en réalité vous ne les rencontrez jamais ? insista-t-elle néanmoins, avec un surcroît de pessimisme.

— Jamais ? Mais si, *souvent* ; ils viennent me voir. Nous bavardons des heures !

Notre jeune amie avait encore un reste de pudeur qui l'empêcha de quémander une description de ces rencontres : c'eût été paraître trop avide. Mais en réfléchissant, elle considéra la veuve du pasteur sous un nouveau jour. Après tout, Mrs. Jordan n'était pas responsable de la forme de ses dents, et la coupe de ses manches dénotait un progrès sensible dans l'échelle sociale. Mille tulipes à un shilling l'emportaient assurément sur mille mots à un penny ; et la fiancée de

Mr. Mudge, qui avait toujours un sens aigu de la lutte pour la vie, se surprit à se demander, dans une poussée de sa jalousie habituelle, si pour elle aussi cela ne vaudrait pas mieux — mieux que de rester là où elle était — de suivre la même voie. Là où elle était, elle se trouvait prise entre le coude de Mr. Buckton, qui pouvait impunément lui labourer les côtes, et la respiration haletante du caissier malade des bronches. C'était déjà quelque chose d'être une fonctionnaire, et elle ne savait que trop bien qu'il y avait des situations plus lamentables que la sienne ; mais elle n'avait pas besoin de faire un gros effort d'imagination pour se rendre compte qu'aux yeux d'un être tant soit peu libre, elle devait donner l'image de la dépendance et de la promiscuité. Elle était tellement prisonnière de sa cage, parmi ses jeunes gens, et ce qui pouvait élargir son horizon lui manquait à tel point qu'il fallait plus de talent qu'elle n'en posséderait jamais pour prétendre entretenir avec l'une de ses connaissances — fût-ce avec Mrs. Jordan, qui pouvait surgir à l'improviste pour télégraphier amicalement à Mrs. Bubb — des rapports qui puissent ressembler à une intimité raffinée. Elle se rappelait le jour où Mrs. Jordan était entrée, en effet, par le plus grand des hasards, avec un télégramme de cinquante-trois mots pour Lord Rye et un billet de cinq livres à changer. Ce fut de cette manière spectaculaire que se déroulèrent leurs retrouvailles. Et ce fut pour elles un événement de se reconnaître ; tout d'abord, la jeune fille n'avait vu la silhouette de son amie qu'à partir de la taille, et n'avait pas compris grand-chose au télégramme pour Lord Rye. Quelle étrange loterie que celle où cette veuve de pasteur avait pu devenir membre de la classe dont les télégrammes dépassent toujours six pence !

Aucun détail de cette rencontre ne s'était jamais effacé de la mémoire de la jeune fille, et surtout pas la façon dont — au moment où l'amie qu'elle avait retrouvée levait les yeux après avoir compté la monnaie — Mrs. Jordan avait lancé en guise d'explication à travers ses dents, et à travers les barreaux de la cage :

— Je m'occupe de fleurs, vous savez.

Notre jeune amie comptait toujours l'argent avec un joli mouvement, le petit doigt recourbé en l'air ; et elle n'avait pas oublié la sensation de supériorité, presque de triomphe aigu, qui l'envahit brusquement et la vengea de l'incohérence du télégramme, de cette suite mystérieuse de chiffres, de couleurs, de jours et d'heures. La correspondance des gens qu'elle ne connaissait pas était une chose, et celle des gens qu'elle connaissait en était une autre, qui avait pour elle un parfum singulier, même lorsqu'elle demeurait incompréhensible. Les mots de Mrs. Jordan pour définir sa situation, son métier, avaient la douceur d'un tintement de campanules, mais pour la jeune fille les fleurs évoquaient surtout les enterrements, et tout ce qu'elle savait, c'était que les lords devaient en recevoir plus que les autres. Lorsqu'une minute plus tard, elle vit à travers les barreaux de la cage son amie s'éloigner dans un grand mouvement de jupes, son regard la découvrit alors de la taille au sol ; et quand le caissier, après un coup d'œil bien masculin, eut remarqué avec un sous-entendu des plus vulgaires : « Belle femme ! », elle lui assena la plus glaciale des rebuffades : « C'est la veuve d'un évêque. » Elle avait toujours eu l'impression qu'il était impossible d'en imposer au caissier ; son rêve eût été de l'accabler sous son mépris, mais cette tentation restait virtuelle. « Un évêque », elle n'y était pas allée de main morte, mais quoi, les façons du caissier étaient vraiment ignobles.

Le lendemain soir, quand Mrs. Jordan lui décrivit à loisir les brillantes conversations qu'elle avait dans le monde, la jeune fille finit par demander :

— Et moi, est-ce que je les verrais ? Je veux dire : si j'abandonnais tout pour vous suivre ?

Mrs. Jordan prit un air malicieux :

— Je vous enverrais chez les célibataires !

Cette remarque était sans doute destinée à lui rappeler que Mrs. Jordan l'avait toujours trouvée jolie.

— Les célibataires aussi ont des fleurs ?

— Des quantités. Et ils sont d'un difficile ! (C'était vraiment un monde merveilleux...) Vous devriez voir celles de Lord Rye.

— Ses fleurs ?

— Oui, et ses lettres. Il m'envoie des pages et des pages, avec des esquisses et des petits dessins qui sont ce qu'il y a de plus adorable ! Et vous devriez voir ses croquis !

8

Par la suite, la jeune fille eut tout le loisir d'examiner ces dessins, qui la déçurent ; mais dans l'intervalle, il y avait eu d'autres conversations, et, comme si la vie élégante que lui faisait miroiter son amie manquait de garanties, elle fut amenée à lui dire :

— Eh bien, moi, je les vois tous à ma poste.

— Tous ?

— Tous les gens chics. Ils viennent en foule. Vous savez qu'ils habitent le quartier, et que la poste est pleine de tous ces gens élégants, ces gens à la mode dont le nom est dans les journaux — ma mère reçoit encore le *Morning Post* — et qui viennent à Londres pour la saison.

Mrs. Jordan accueillit ces nouvelles d'un air entendu :

— Oui, mais certains de vos clients, j'ai affaire à eux.

Son amie en convint, mais avec une réserve :

— Je me demande si vous avez « affaire » à eux autant que moi ! Leurs liaisons, leurs rendez-vous, leurs projets, leurs manigances, leurs secrets et leurs vices — tout cela, j'en suis témoin.

Ce tableau avait de quoi troubler la veuve d'un pasteur ; c'était une réplique aux « mille tulipes ».

— Leurs vices ? Ils ont des vices ?

Notre jeune observatrice écarquilla les yeux, en ajoutant avec une note de dédain amusé :

— Comment, vous ne l'avez pas découvert ? (Les maisons de grand style n'avaient donc pas grand-chose à lui révéler.) Moi, je découvre tout.

Mrs. Jordan, qui était au fond très modeste, fut visiblement impressionnée :

— Je comprends. Evidemment, vous les « tenez ».

— Oh, ça m'est égal ! Pour ce que j'en fais !

Mrs. Jordan, après un instant, reprit l'avantage :

— Non, en effet, cela ne vous mène pas loin.

Elle était, elle, autrement initiée. Mais tout de même... D'ailleurs elle n'était pas jalouse :

— N'empêche qu'il doit y avoir un certain charme...

— A les voir ? (La jeune fille s'abandonna soudain.) Je les hais : il y a un charme à cela !

Encore une fois Mrs. Jordan fut stupéfaite :

— Vous haïssez les gens *vraiment* chics ?

— Vous voulez dire Mrs. Bubb ? Mais j'y pense, je l'ai eue, Mrs. Bubb. Elle n'est jamais venue en personne, mais sa femme de chambre a apporté des télégrammes. Eh bien, ma chère !...

Et la jeune employée de chez Cocker, à se rappeler ces choses, paraissait avoir bien des révélations à faire. Mais elle ne livra rien, s'interrompit et se contenta de dire :

— Sa femme de chambre est atroce, et c'est *elle* qui doit la tenir !

Puis elle poursuivit avec désinvolture :

— Ils sont plus vrais que nature ! Des brutes égoïstes !

Mrs. Jordan, réfléchissant à tout cela, résolut de le prendre avec le sourire ; elle aimait à se montrer libérale :

— Il est certain qu'ils exagèrent.

— Ils me font périr d'ennui, reprit sa compagne, un peu adoucie.

Mais elle était allée trop loin.

— Ah, c'est que vous manquez de compréhension !

La jeune fille, avec un rire sarcastique, rétorqua qu'il était impossible d'en avoir quand on doit compter toute la journée tous les mots du dictionnaire, ce dont Mrs. Jordan fut d'autant plus facilement convaincue qu'elle était épouvantée à l'idée d'être privée du talent auquel elle devait le succès — cette vague de succès proprement incroyable — qui lui avait fait remonter le courant. Sans compréhension — ou sans imagination, cela revenait au même — comment feraitelle pour décorer, dans les grands dîners, non seulement le centre mais les bouts de table les plus éloignés ? Dans ses arrangements floraux, ce n'étaient pas les mélanges qui lui donnaient le plus de mal, mais les motifs d'une ineffable simplicité dont les célibataires, et Lord Rye plus qu'aucun d'eux, traçaient — ou plutôt dessinaient, comme l'on dessine des ronds de fumée — des petits croquis. La fiancée de Mr. Mudge, en tout cas, accepta cette explication, qui eut pour effet de ramener la conversation, comme le faisaient presque tous les sujets, à la terrible éventualité d'épouser ce monsieur. Elle voulait absolument savoir ce que Mrs. Jordan avait derrière la tête, et le lui faire dire, dût-elle en être blessée. Elle savait bien que son amie, si elle n'avait pas été retenue par la timidité ou par l'hypocrisie, se serait déjà risquée à dire : « Laissez-le donc tomber — mais oui, laissez-le tomber ! Je suis sûre que vous trouverez bien mieux. »

La jeune fille comprit que, si ce conseil lui était donné sur un ton méprisant pour le pauvre Mr. Mudge, elle devrait s'en offusquer autant que sa conscience l'exigerait. Mais force lui était de s'avouer que, pour le moment, elle ne s'en offusquait pas autant. Elle soupçonnait que Mrs. Jordan, elle aussi, dissimulait quelque chose, et qu'elle attendait patiemment d'être en confiance pour se livrer. Le jour vint où la jeune fille entrevit ce qui manquait à son amie pour être totalement en confiance : ce n'était rien de moins que de pouvoir annoncer la réalisation de ses rêves secrets. Cette amie de l'aristocratie avait des projets personnels qu'elle devait méditer et mûrir dans la solitude de son logis. Bref, si elle faisait des bouquets pour les célibataires, n'était-ce pas dans l'attente d'événements sans commune mesure avec les perspectives, si dépourvues d'avenir, de chez Cocker ? Il semblait bien que ce mélange de célibataires et de fleurs fût de bon augure, bien que Mrs. Jordan ne fût pas encore prête, même au pied du mur, à avouer son espoir de pouvoir les quitter grâce à une demande en mariage de Lord Rye. Notre jeune héroïne finit pourtant par se faire une opinion précise de ce que pensait son amie : celle-ci avait le terrible pressentiment que, sauf si elle parvenait à la tirer de ce pas, la fiancée de Mr. Mudge la haïrait, le jour où elle lui annoncerait la grande nouvelle ; sinon, comment cette malheureuse supporterait-elle d'entendre seulement parler de cet événement, que la protection de Lady Ventnor rendait somme toute possible ?

9

Cependant, comme elle trouvait parfois quelque apaisement à se laisser aller à ses nerfs, la fiancée de Mr. Mudge passait sa colère sur son soupirant, ce qu'elle payait de sa fidélité. Elle allait toujours se promener avec lui le dimanche, d'habitude à Regent's Park, et une ou deux fois par mois, il l'emmenait sur le Strand voir une pièce qui avait du succès. Les spectacles qu'il préférait étaient de qualité : Shakespeare, Thompson, ou une comédie américaine. Elle aussi détestait le théâtre vulgaire, ce qui permettait à Mr. Mudge de reprendre son compliment favori, à savoir que leurs goûts étaient merveilleusement semblables. Il ne se lassait pas de lui rappeler cette vérité dont il se réjouissait et qu'il répétait avec tendresse d'un air entendu. A certains moments, elle se demandait comment elle pouvait le supporter — supporter un homme aussi fat, qui soupçonnait si peu à quel point elle différait de lui. C'était justement pour cette différence qu'elle voulait être aimée, si elle devait l'être ; et si ce n'était pas cette différence qui suscitait l'admiration de Mr. Mudge, elle se demandait ce qui pouvait bien le faire. Car elle n'était pas différente de lui sur un seul point : elle ne lui ressemblait en rien. Certes, ils appartenaient à la même espèce, mais c'était tout juste si elle en convenait. Elle était prête à faire d'énormes concessions à d'autres — il n'y avait pas de limites, par exemple, à celles qu'elle eût faites au capitaine Everard — mais cette concession-là était la plus grande qu'elle était disposée à faire à Mr. Mudge. C'est parce qu'il était différent que, bizarrement, il l'attirait tout en lui répugnant ; ce qui était la preuve après tout que leur dissemblance, à condition de la reconnaître, n'aurait pas nécessairement de conséquences fatales. Elle sentait que, tout en étant visqueux, terriblement visqueux, il n'était pas dépourvu d'une certaine vigueur primitive. Un jour, alors qu'il travaillait encore chez Cocker, elle avait vu Mr. Mudge saisir au collet un soldat ivre — un gros homme brutal entré pour encaisser un mandat, avec un camarade qui s'était emparé de l'argent avant que l'autre n'en ait eu le temps, provoquant aussitôt une rixe terrible parmi les jambons et les fromages, au beau milieu des clients, dans une scène violente qui avait jeté la consternation. Mr. Buckton et le caissier s'étaient tapis à l'intérieur de la cage, mais Mr. Mudge, sortant de derrière le comptoir d'un pas sûr et rapide, s'était victorieusement interposé dans la mêlée pour séparer les combattants et mettre la main sur le coupable. Ce jour-là, elle avait été fière de lui, et si leur mariage n'avait déjà été décidé, sa promptitude à agir l'aurait subjuguée.

Ce furent d'autres raisons qui devaient finalement la persuader : la sincérité manifeste de sa passion, et l'impression que son grand tablier blanc était comme une façade à plusieurs étages. Elle avait été également convaincue par le fait qu'il se plongerait dans les affaires jusqu'au cou, qu'il tendait avec ostentation. Ce ne pouvait être qu'une question de temps : il finirait pas avoir tout Piccadilly suspendu au crayon qu'il portait derrière l'oreille. C'était déjà quelque chose pour une jeune fille qui avait traversé ce qu'elle avait traversé. Certains jours, elle allait jusqu'à le trouver beau garçon, bien qu'à parler franchement elle sût que son rêve — le voir transformé par un tailleur ou un coiffeur au point de ressembler, fût-ce de loin, à un gentleman — ne se réaliserait pas. Son type de beauté était bien celui d'un épicier, et même l'avenir le plus brillant ne saurait l'en faire changer. Elle s'était, en somme, promise à un type humain doué de perfection ; or chaque forme de perfection avait son prix aux yeux de quelqu'un qui, comme elle, avait eu toutes les peines du monde à survivre. Voilà qui contribua grandement à développer les deux plans parallèles où elle vivait : ses relations dans la cage et ses liens avec l'univers extérieur. Après s'être tue un certain temps sur cette opposition, un dimanche après-midi, assise sur une chaise louée un sou, à Regent's Park, elle laissa brusquement échapper, d'une façon qui parut à Mr. Mudge un caprice déconcertant, ce que tout cela signifiait pour elle. Alors, bien sûr, il insista pour qu'elle obtînt son transfert là où il pourrait la voir à toute heure. Afin d'admettre qu'elle ne lui avait pas donné de motif valable à ses atermoiements, elle n'eut guère besoin de l'entendre dire qu'il ne comprenait pas où elle voulait en venir. Comme si elle le savait elle-même, elle qui n'avait que des raisons absurdes à donner ! Parfois, elle se disait qu'il serait amusant de les lui lancer au visage, car elle sentait qu'il la ferait périr d'ennui si, de temps à autre, elle n'arrivait pas à le faire sortir de ses gonds ; parfois, elle se disait que ce serait ignoble, peut-être même fatal. Cependant, elle aimait qu'il la jugeât sotte, car cela lui donnait la latitude dont elle aurait toujours besoin ; le seul problème était qu'il n'avait pas même assez d'imagination pour l'y aider. Mais elle obtint l'effet escompté en le laissant tout simplement se demander pourquoi elle ne se rendait pas à ses arguments concernant leur mariage. Alors, comme s'il ne s'agissait que d'une remarque fortuite destinée à dissiper l'ennui d'une journée un peu terne, elle lui assena enfin son argument à elle :

— Attendez encore un peu. Là où je suis, il se passe tant de choses !

Et elle lui conta des histoires pires encore que celles qu'elle avait rapportées à Mrs. Jordan.

Peu à peu, à son intense surprise, elle s'aperçut qu'il s'efforçait de voir les choses de son point de vue à elle, sans céder à l'étonnement ni à la colère. Voilà qui donnait une haute idée du commerçant anglais ! Mr. Mudge ne saurait se fâcher que contre quelqu'un comme le soldat ivre du magasin, qui risquait de faire mauvais effet sur la clientèle. Cette fois, sans la moindre trace d'ironie ni le moindre ricanement, il parut adopter l'étrange état d'esprit grâce auquel sa fiancée se plaisait dans la compagnie des clients de chez Cocker, et évaluer à quoi tout cela, selon l'expression de Mrs. Jordan, pouvait « mener ». Il avait évidemment tout autre chose en tête que Mrs. Jordan : l'objet de ses spéculations n'était pas, bien sûr, la façon dont sa fiancée pourrait trouver un mari. Et elle vit bien que pas un instant il n'avait pu imaginer qu'elle rêvait à une telle éventualité. Elle avait simplement permis à l'esprit de Mr. Mudge de prendre un nouvel essor dans le vaste monde du commerce, où il était toujours prêt à s'élancer, surtout quand on lui faisait respirer les effluves d'une « clientèle » possible. Voilà tout ce qu'il pouvait retirer des « entrées » qu'elle disait avoir dans le monde ; et quand, allant jusqu'au bout, elle se mit à lui expliquer de quel œil elle considérait ces gens-là, et à lui brosser un tableau de ce qu'elle avait découvert, elle le réduisit à cet état d'hébétude qui lui permettait d'être encore amusant pour elle.

10

— Ce sont des gens épouvantables, je vous assure : oui, toute la clique !

— Alors pourquoi voulez-vous rester avec eux ?

— Mais, mon cher, justement parce qu'ils sont ainsi. Je les déteste à un point !

— Vous les détestez ? Je croyais que vous les aimiez.

— Allons, voyons ! Ce que j'aime, c'est justement de pouvoir les haïr. Vous n'imaginez pas ce qui défile devant mes yeux.

— Mais pourquoi ne m'en avez-vous jamais parlé ? Vous ne m'aviez rien dit avant que je m'en aille.

— Oh ! je n'avais encore rien vu. C'est le genre de choses auxquelles on se refuse à croire : il faut regarder un peu autour de soi, et on finit par comprendre. On comprend de mieux en mieux. D'ailleurs — poursuivit la jeune fille — c'est l'époque de l'année où les pires d'entre eux débarquent dans les rues élégantes. Qu'on ne me parle plus du nombre des pauvres : ce dont je suis sûre, moi, c'est du nombre des riches !

Il y en a de nouveaux tous les jours, qui deviennent de plus en plus riches ! On les voit arriver ! s'écria-t-elle en imitant, pour son amusement personnel, tant elle était sûre que Mr. Mudge ne s'en apercevrait pas, le ton vulgaire du caissier.

— Et d'où arrivent-ils ? demanda naïvement son compagnon.

Elle réfléchit un instant et finit par trouver une réponse :

— Du champ de courses. Ils parient frénétiquement.

— Ce n'est que cela ? Eh bien, on parie aussi à Chalk Farm.

— Il n'y a pas que cela ! Il y a des milliers d'autres choses plus étranges, répliqua-t-elle avec une certaine aigreur. C'est follement amusant...

Elle éprouvait le besoin de le provoquer. Puis elle ajouta ce qu'elle avait entendu dire par Mrs. Jordan, et que les dames elles-mêmes télégraphiaient parfois chez Cocker :

— C'est vraiment terrible !

Elle se rendait parfaitement compte que seule la pudeur extrême de Mr. Mudge (qui avait horreur des histoires lestes et fréquentait une chapelle wesleyenne) l'empêchait de demander des détails. Elle les lui donna tout de même, les choisissant parmi les moins scabreux et insistant sur la façon dont les gens de Simpkin et Laddle faisaient valser l'argent. C'était cela qu'il aimait entendre, non pas pour entrer directement en relation avec le grand monde, mais parce qu'il sentait qu'il est préférable de se trouver là où l'argent est jeté par les fenêtres que là où il niche avec parcimonie. Il dut reconnaître que cette fièvre de dépense était moins perceptible à Chalk Farm que dans le quartier où sa bien-aimée éprouvait des satisfactions si rares. Elle lui donnait, elle le voyait bien, le sentiment inquiet qu'il y avait là des occasions à ne pas manquer : des germes, des possibles, de vagues aperçus, Dieu sait lesquels, d'un savoir-faire qui lui serait utile à son heure, lorsqu'il aurait son propre magasin au milieu de ce paradis. Ce qui visiblement le touchait, c'était qu'elle fût capable de faire miroiter devant lui de si brillantes images et de lui faire sentir, comme au battement d'un éventail, l'air déplacé par le brassage des billets de banque et le charme de l'existence dans une classe providentiellement créée pour le bonheur des épiciers. Il aimait à se dire que la haute société existait, toujours à la même place, et que sa fiancée contribuait, dans une faible mais appréciable mesure, à la maintenir là où elle devait être. Il n'aurait pu formuler de théorie à ce sujet, mais la vitalité débordante de l'aristocratie était à ses yeux un bienfait pour le commerce, et le lien qui les unissait formait un agréable dessin qu'il était doux de suivre avec le doigt. Il était réconforté à l'idée qu'il n'y eût pas le moindre symptôme de décadence. Comme elle le disait, à quoi servait le télégraphe, habilement manié, si ce n'était à prolonger le bal ?

Mr. Mudge estimait que tous les agréments de la vie étaient pour ainsi dire liés, que plus on en a, plus on désire en avoir, et que pour parler crûment, mieux se porte la galanterie, mieux le fromage se vend. Dans sa petite sphère, il avait même pressenti le rapport entre la douceur de l'amour et le champagne bon marché. Ce qu'il aurait voulu dire, s'il avait pu aller jusqu'au bout de sa pensée, c'était : « Je comprends, je comprends. Faites-les marcher, excitez-les, tenez-les en haleine ; il est impossible qu'un jour nous n'y trouvions pas *notre* compte. » Pourtant, il était troublé par le soupçon que sa compagne était trop subtile pour être honnête. Il ne comprenait pas que l'on pût haïr ce que l'on aimait, ou aimer ce que l'on haïssait ; et cela le gênait de constater — car il avait sa forme de délicatesse — que l'on tirât du beau monde *autre chose* que de l'argent. Il lui semblait vaguement coupable de se montrer trop curieux au sujet de la haute société ; la seule chose qui fût parfaitement licite, c'était d'en tirer parti pour s'enrichir. N'était-ce pas précisément d'être placés si haut qui permettait à ces gens-là d'être une source de profits ?

Il finit, en tout cas, par dire à sa jeune amie :

— Il n'est pas convenable que vous restiez chez Cocker, et cela confirme toutes les autres raisons que je vous ai données de partir.

— Pas convenable ? (Le sourire de la jeune fille se prolongea en un regard hardi.) Mon pauvre garçon, vous êtes unique !

— C'est bien possible, répondit-il en riant. Mais cela ne résout pas le problème.

— Voyons, reprit-elle, je ne peux pas abandonner mes amis. J'en fais plus que Mrs. Jordan elle-même.

Mr. Mudge se mit à réfléchir.

— Elle *fait* combien ?

— Oh, quel âne vous êtes !

Et sans se soucier de tous les promeneurs de Regent's Park, elle lui caressa la joue. C'était le genre d'occasions où elle était follement tentée de lui raconter combien elle aimait à se trouver près de Park Chambers. Elle était fascinée par la perspective de savoir s'il n'agirait pas comme elle l'en croyait capable, rien qu'à entendre parler du capitaine Everard, et s'il ne choisirait pas, malgré les objections évidentes, les avantages plus évidents encore de la situation. Ces avantages lui paraîtraient sans doute bien improbables, mais il faut savoir saisir les occasions profitables, et, après tout, la discrétion de Mr. Mudge était un hommage qu'il rendait à sa fidélité. Il y avait une chose dont elle n'avait jamais douté : qu'il avait toute confiance en elle ! Et d'ailleurs, elle aussi avait confiance en elle-même : s'il y avait une chose dont on ne pouvait l'accuser, c'était d'être l'une de ces vulgaires servantes de bar qui rincent des verres et plaisantent en argot. Mais elle continua de se taire ; elle n'avait encore rien dit, même à Mrs. Jordan ; et le silence qu'elle gardait au sujet du capitaine symbolisait bien le succès qui avait accompagné jusqu'alors ce je-ne-sais-quoi d'indéfinissable qu'elle se plaisait à appeler, en son for intérieur, ses relations avec lui.

11

Ces relations, elle aurait consenti à l'admettre, se bornaient à savoir que s'il était longtemps et fréquemment absent, il finissait toujours par revenir. Qu'elle se contentât de si peu ne regardait personne d'autre qu'elle-même. Ce n'était évidemment pas grand-chose en soi, mais ce qui le rendait suffisant pour la jeune fille, c'était que sa mémoire et son attention avaient su capter, d'une façon surprenante, les éléments de la vie du capitaine. Un jour vint où elle crut, à la faveur d'un regard, que cette prise de possession permettait une complicité mêlant l'amusement à une gravité presque solennelle. A présent, il lui souhaitait régulièrement le bonjour en soulevant son chapeau. Il lui adressait la parole quand il en avait le temps, ou qu'il y avait peu de monde, et, une fois, elle alla jusqu'à lui dire qu'elle ne l'avait pas vu depuis « des siècles ». « Des siècles », ce fut le terme qu'elle employa, délibérément, soigneusement, mais avec un léger tremblement dans la voix ; « des siècles », cela exprimait exactement ce qu'elle voulait dire. Il lui répondit en des termes qui, pour être choisis avec moins d'inquiétude, n'en étaient pas moins remarquables :

— N'est-ce pas ? Il a fait un temps affreux.

C'était là un échantillon de leur dialogue, et elle nourrissait son imagination de la pensée que personne n'avait encore jamais conversé d'une façon aussi transcendante et raffinée. N'importe quoi, du moment qu'ils en décidaient ainsi, pouvait tout dire. Lorsqu'il glissait son regard à travers les barreaux, le manque d'espace dans la cage ne se faisait plus sentir ; il n'était gênant que dans les rapports superficiels. Avec le capitaine Everard, elle avait tout l'espace de l'univers. On imagine aisément combien leurs allusions tacites à tout ce qu'elle savait de lui pouvaient se déployer dans cette immensité. Chaque fois qu'il lui passait un télégramme, il lui permettait d'en savoir plus, car que pouvait signifier d'autre son éternel sourire ? C'était la façon qu'il avait trouvée de lui dire : « Oui, je suis maintenant si totalement à votre merci que je ne m'inquiète plus de ce que je vous confie. Avec vous au moins, je suis tranquille ! »

Deux choses seulement la tourmentaient : la plus importante était l'impossibilité d'aborder avec lui un sujet personnel. Elle aurait donné n'importe quoi pour évoquer une de ses amies en la désignant par son nom, une de ses invitations en rappelant sa date, une de ses difficultés en indiquant sa solution. Elle aurait donné presque autant pour pouvoir jouir d'une occasion favorable — vraiment favorable — de lui montrer, avec une tendre acuité, qu'elle avait parfaitement pénétré le dernier grand mystère de sa vie, et qu'elle s'en accommodait, avec une sorte de compréhension héroïque. Il aimait une femme aux yeux de qui une employée des postes, surtout celle qui passait sa vie au milieu de jambons et de fromages, ne comptait pas plus que la sciure répandue sur le plancher. Mais elle rêvait de le persuader qu'elle était capable d'interpréter dans un sens noble et pur cet engouement étrange. Pour le moment, elle ne pouvait qu'aller son chemin en espérant qu'un beau jour, tôt ou tard, le hasard lui permettrait de lui fournir un renseignement qui le surprendrait, qui pourrait peut-être même l'aider. D'ailleurs, que peuvent bien savoir les gens — les gens sarcastiques à peu de frais — qui ne sentent pas tout ce que l'on peut sous-entendre en ne parlant que du temps ? Elle le sentait bien, elle, elle le sentait d'autant mieux qu'elle se trompait et prenait les jours de grande chaleur pour des jours de grand froid, et les jours de grand froid pour des jours de grande chaleur, révélant à quel point, dans sa cage, elle était peu au courant du temps qu'il faisait vraiment. D'ailleurs, on étouffait toujours chez Cocker, et elle finit par adopter, une fois pour toutes, la formule prudente que le temps était « variable ». Tout ce qui le faisait acquiescer d'un air radieux lui paraissait vrai.

Ce n'était là qu'un exemple des moyens détournés qu'elle trouvait pour lui faciliter les choses, et dont elle ne pouvait savoir s'il les appréciait à leur juste valeur. La véritable justice n'était pas de ce monde : elle ne le savait que trop bien, mais, curieusement, le bonheur, lui, était de ce monde, et elle devait essayer de s'en saisir en tendant ses filets à l'insu de Mr. Buckton et du caissier. Tout ce qu'elle pouvait escompter — en dehors du fragile espoir qu'il se mît un jour à l'apprécier vraiment —, c'était qu'inconsciemment il trouvât la boutique de Cocker un lieu sympathique, plus commode, plus agréable, mieux fréquenté, plus pittoresque, plus favorable en somme à ses petites affaires qu'aucun autre magasin du quartier. Elle savait parfaitement que l'on ne pouvait faire preuve, dans un réduit aussi encombré, d'une remarquable célérité ; mais cette lenteur ne lui déplaisait pas : elle n'avait qu'à la supporter, puisqu'il le pouvait bien. Ce qui la torturait, c'était la pensée qu'il y eût tant de bureaux de poste dans les environs. Elle l'imaginait toujours en d'autres lieux, s'adressant à d'autres jeunes filles. Mais elle mettait au défi n'importe quelle employée de le suivre par la pensée comme elle le suivait. Et bien que d'habitude l'on ne fût pas très rapide chez Cocker, elle savait se hâter pour lui quand, par un pressentiment léger comme l'air, elle devinait qu'il avait peu de temps.

Parfois, c'était mieux encore : il n'y avait pas moyen d'aller vite, à cause de ce fait délicieux entre tous, de cet élément si particulier de leur relation — qu'elle eût volontiers appelée leur amitié —, la façon saugrenue dont il traçait ses mots. Ils ne seraient peut-être jamais devenus aussi intimes s'il n'avait, par une bénédiction du ciel, formé quelques-unes de ses lettres avec une telle bizarrerie ! Car ses caractères n'auraient pu être plus étranges, les eût-il tracés à seule fin de rapprocher leur visage autant qu'il se pouvait, puisqu'ils étaient séparés par la grille d'une cage. A la vérité, il n'avait fallu à la jeune fille que deux ou trois séances pour apprendre à déchiffrer ces grimoires, mais, au risque de lui paraître sotte, elle pouvait encore feindre de ne pas les comprendre quand les circonstances s'y prêtaient. La circonstance la plus favorable était que, parfois, elle était certaine qu'il l'avait vue simuler la perplexité. S'il le savait, il l'admettait donc ; s'il l'admettait, il n'en revenait pas moins ; et s'il revenait, c'était par amitié pour elle. Cela suffisait à la mener au septième ciel. Elle n'exigeait pas qu'il lui offrît beaucoup d'amitié, mais seulement qu'il ne s'enfuît pas à cause de l'amitié qu'elle lui portait. Il devait parfois s'absenter des semaines ; il avait sa vie, ses voyages, tous ces endroits où il télégraphiait constamment pour retenir des chambres : tout cela, elle le lui accordait, elle le lui pardonnait ; et même, à la longue, elle lui en était reconnaissante. Qu'il eût besoin de mener sa vie favorisait sa tendance à télégraphier si souvent ; elle recevait ainsi le bienfait de sa présence dès qu'il pouvait la lui donner. C'était là tout ce qu'elle demandait : ne pas être tout à fait privée de lui.

Elle croyait parfois qu'il n'aurait pu la priver de lui, même s'il en avait eu envie, puisqu'ils étaient liés par la toile de révélations tissée autour d'eux. Elle était souvent effarée à la pensée de ce qu'une fille sans scrupules, disposant de tant d'éléments, aurait pu tramer. Voilà qui eût dépassé les scènes de ses romans à un sou — une rencontre dans Park Chambers, à la nuit tombante, où elle lui eût jeté au visage : « Je sais maintenant trop de choses sur une certaine personne pour ne pas vous dire — excusez ma brutalité — que vous avez tout avantage à acheter mon silence. Allons, achetez-moi ! » Pourtant, il y avait un pas que son imagination n'osait franchir quand il s'agissait de préciser la monnaie d'échange. Il ne pouvait être question de quelque chose d'aussi vulgaire que de l'argent, et l'affaire restait donc dans le vague, d'autant plus qu'*elle* n'était pas une fille sans scrupules. Ce n'était pas pour un motif de ce genre, capable d'exciter n'importe quelle petite péronnelle, qu'elle aurait voulu le voir amener de nouveau Cissy. Qu'il amenât Cissy était tout à fait improbable, puisque les échanges qui le conduisaient au bureau de poste impliquaient précisément que Cissy et lui fussent souvent dans des lieux différents. La jeune fille les connaissait tous à présent : Suchbury, Monkhouse, Whiteroy, Finches ; elle connaissait même la liste des invités qui s'y rendaient ; et, subtilement, elle faisait en sorte que tout ce qu'elle avait appris leur permît de mieux rester, comme disait Mrs. Jordan, « en relation ». Aussi, lorsqu'il souriait, comme gêné de lui redonner une de ces adresses qu'elle connaissait déjà, le regardait-elle avec une expression où se lisait le désir qu'il lui rendît cette justice : le soin qu'elle apportait à ne pas le juger était un des sacrifices les plus nobles et les plus tendres qu'une femme eût jamais faits à l'amour.

12

Néanmoins, elle était parfois tourmentée par l'impression que ces sacrifices, si grands fussent-ils, n'étaient rien à côté de ceux que la passion d'Everard avait exigés, à moins que ce ne fût la passion de sa complice qui, un peu comme une roue de machine à vapeur, l'eût happé dans ses tourbillons. Quoi qu'il en soit, il était la proie d'un destin splendide et vertigineux vers lequel la tempête de sa vie ne cessait de le projeter. Ne saisissait-elle pas parfois sur son visage, dissimulé par son sourire et sa gaieté habituelle, l'éclat du regard fixe et pâle d'une victime traquée qui mendie au passage une lueur de pitié ? Il ne savait peut-être pas lui-même à quel point il avait peur, mais *elle* le savait. Ils étaient en danger, oui, le capitaine Everard et Lady Bradeen étaient en danger : cela dépassait tous les romans. Elle songeait à Mr. Mudge et à la sécurité de ses sentiments, elle songeait à elle-même et rougissait de la tiédeur des siens. A ces moments-là, c'était un réconfort pour elle de sentir qu'avec un autre — qui répondrait à sa nature secrète beaucoup mieux que ne le ferait jamais Mr. Mudge, ce pauvre fantoche — elle eût été de la même trempe que Lady Bradeen. A deux ou trois reprises, ses coups de sonde les plus hardis lui avaient apporté la quasi-certitude que, si elle l'avait voulu, l'amant de Lady Bradeen eût été soulagé de se confier à elle. Une ou deux fois, elle avait eu l'intuition que, même en proie à son destin maudit, il avait, au milieu de l'orage, remarqué ses yeux dans la foule — les seuls où il pût lire de la compassion. Mais comment aurait-il pu lui parler, alors qu'elle était coincée entre le caissier et le télégraphe ?

Cela faisait longtemps qu'au cours de ses allées et venues, elle s'était familiarisée avec Park Chambers — longtemps que, devant ces luxueuses façades, elle avait rêvé de ce lieu comme d'un décor sublime à des propos sublimes. Avant la fin de la saison, aucun site de Londres n'était mieux gravé dans son esprit. Elle faisait un détour pour y passer, Park Chambers n'étant pas toujours sur son chemin ; elle traversait la rue et levait les yeux : il lui avait fallu longtemps pour identifier les fenêtres qui l'intéressaient. Elle y était parvenue grâce à un acte de témérité qui l'avait presque fait défaillir sur le moment, et qui lui faisait monter le rouge aux joues lorsqu'elle y resongeait. Un soir où elle s'était attardée par là, à guetter, à guetter sans relâche jusqu'à une heure tardive, elle vit le portier en uniforme, qui se tenait presque toujours sur le perron, s'engouffrer à l'intérieur avec un inconnu. Elle le suivit hardiment, certaine qu'il accompagnerait le visiteur et que le hall ne serait plus gardé. De fait, l'entrée était libre, et la lumière électrique éclairait violemment le tableau doré où s'alignaient les noms et les numéros des divers locataires. Le renseignement qu'elle cherchait lui sauta aux yeux : le capitaine Everard habitait au troisième. Il lui sembla, devant une découverte aussi intime, qu'ils se trouvaient tous les deux réunis pour la première fois, face à face, hors de la cage. Hélas, cette rencontre ne dura que quelques secondes, tant était grande sa frayeur à l'idée qu'en cet instant précis, il pouvait entrer ou sortir. A vrai dire, cette crainte ne la quittait jamais dans ses randonnées imprudentes, et se mêlait étrangement à ses moments de tristesse et de déception. C'était atroce, songeait-elle en tremblant, de courir le risque de paraître l'espionner bassement, mais il était également atroce de ne passer devant chez lui qu'aux moments où le rencontrer était impossible.

A l'heure affreusement matinale vers laquelle elle devait arriver chez Cocker, il était encore — il fallait l'espérer — douillettement couché, et l'heure à laquelle elle repartait était certainement — elle savait ces choses sur le bout des doigts — celle où il s'habillait pour le dîner. Gageons que si elle n'attendait pas, pour s'en aller, l'heure où il avait fini de se préparer, c'était simplement parce que cette cérémonie devait durer indéfiniment pour un homme de sa qualité. Lorsqu'elle rentrait déjeuner, elle n'avait que le temps d'aller droit chez elle, mais elle se serait volontiers privée d'un repas dans l'espoir d'un indice précis. Elle avait dû admettre qu'aucun prétexte avouable ne pouvait justifier qu'elle passât comme par hasard devant chez lui à trois heures du matin. C'était l'heure à laquelle, s'il fallait en croire les romans à un sou, il devait rentrer se coucher. Elle en était réduite à imaginer cette rencontre miraculeuse qui ne pourrait se produire qu'après une multitude de hasards impossibles. Mais si rien n'était plus improbable que la rencontre, rien n'était plus intense que la vision. Que pouvons-nous savoir de ce qui se passe dans le secret de la sensibilité aiguë d'une jeune fille à l'âme singulière ? Toute la distinction naturelle de notre jeune amie, la nature exceptionnelle de son raffinement, de son atavisme, de son orgueil, se concentrèrent en ce point vital : c'était au moment où elle voyait le plus clairement la misère de sa futilité, le pathétique de ses petites coquetteries et manigances, que le réconfort et le salut apparaissaient le plus sûrement, grâce à un signe imperceptible : elle lui avait plu !

13

Il ne ramena jamais Cissy, mais Cissy vint un jour sans lui, sortant toute fraîche des mains de sa couturière, même si, la saison touchant à sa fin, cette fraîcheur avait perdu un peu de son éclat. Elle était, malgré tout, moins sereine. Elle n'avait pas apporté de télégramme et cherchait d'un regard impatient les formules à remplir et l'endroit où les rédiger. Chez Cocker, cet endroit était obscur et exigu, et sa voix claire eut une nuance de dégoût que son amant n'adoptait jamais, lorsqu'elle accueillit, avec un « Là ? » surpris, le geste du caissier qui répondait à sa question hautaine.

Notre jeune amie avait une demi-douzaine de clients, mais elle les avait expédiés le plus professionnellement possible lorsque la dame réapparut dans tout son éclat, derrière le grillage. La promptitude avec laquelle la jeune fille prit le télégramme était due à ce qu'elle s'était singulièrement appliquée pour coller les timbres à toute allure, pendant que la dame remplissait sa formule. Et cette application venait de ce qu'elle prévoyait le plaisir qu'elle allait bientôt éprouver. Il y avait dix-neuf jours exactement, comptés et raturés sur le calendrier, qu'elle n'avait aperçu l'objet de sa flamme. Etant donné ses habitudes, s'il avait été à Londres tout ce temps-là, il serait certainement venu. Elle allait donc savoir, enfin, quel était le lieu béni par sa présence, car elle imaginait les lieux comme ensorcelés et baignés dans l'aura de sa personnalité.

Seigneur, comme cette dame était belle, et comme l'intimité que toute la personne du capitaine dévoilait trouvait plus de prix d'avoir puisé à une telle source ! A travers les barreaux de sa cage, la jeune fille examina ces yeux et ces lèvres qui avaient dû être si souvent proches des siens — elle les examina avec une passion étrange qui, l'espace d'un instant, combla certaines lacunes, certaines questions que la correspondance avaient laissées en suspens. Puis, se rendant compte que le visage qu'elle détaillait, et associait en imagination avec un autre, ne se doutait de rien, que l'éclat qui l'animait était dû à des pensées inconnues et indéchiffrables, elle décida que cette ignorance ne faisait qu'accentuer sa splendeur. Elle eut, pour la première fois, le sentiment très vif de régions célestes et inaccessibles, en même temps qu'elle vibrait de frayer avec une compagnie si haute. Elle était avec l'absent par l'intermédiaire de la dame, et avec la dame par l'intermédiaire de l'absent.

Sa seule souffrance — mais qui ne comptait pas — était que l'admirable visage de cette dame, complètement absorbé par ses préoccupations, trahissait bien que celle-ci ignorait jusqu'à son existeuce. Sa folie en était arrivée au point qu'elle s'était presque persuadée que le héros de cette aventure avait parlé, à Eaton Square, de l'extraordinaire petite personne employée au bureau de poste d'où il télégraphiait si souvent.

Voir combien sa cliente l'ignorait permit à cette extraordinaire petite personne de se réfugier dans une pensée qui ne manquait pas de fierté : « Qu'elle en sait peu ! Qu'elle en sait peu ! » se dit-elle, car cela ne prouvait-il pas qu'elle, la confidente du capitaine Everard, était aussi la part secrète de sa vie ? La lecture du message de la dame fut prolongée par une sorte d'éblouissement : entre la jeune fille et les mots de la formule qui semblaient danser dans une eau peu profonde, traversée de soleil, s'interposa la grande vague de sa certitude : « Que de choses je sais, *moi*, que de choses je sais ! » Elle comprit avec un léger retard que le texte du télégramme ne lui livrerait guère ce qu'elle cherchait, mais elle se souvint tout aussitôt que, la plupart du temps, ce qu'elle saisissait des télégrammes n'y était pas explicitement exprimé.

Miss Dolman, Parade Lodge, Parade Terrace, Douvres. Donnez-lui tout de suite la bonne formule, Hôtel de France, Ostende. Faites sept neuf quatre neuf six un. Télégraphiez-moi autre solution Burfield's.

Lentement, la jeune fille compta les mots. Ainsi, il était à Ostende. Ce fait frappa si violemment son esprit que, pour le retenir, elle voulut à tout prix conserver le télégramme quelques instants de plus. C'est pourquoi elle posa une question qu'elle ne posait jamais : « Réponse payée ? », d'un air trop zélé, dont elle s'efforça de corriger l'effet par la lenteur avec laquelle elle colla les timbres, avant de rendre la monnaie. Ce qui lui donnait tant de sang-froid, c'était sa conviction de tout savoir sur Miss Dolman.

— Oui, réponse payée.

La jeune fille surprit beaucoup de choses dans ces quelques mots, depuis le léger mouvement d'étonnement, vite réprimé, d'avoir été si bien devinée, jusqu'à la tentative, qui suivit aussitôt, de prendre un air détaché.

— Combien, avec la réponse ?

Le calcul n'était pas difficile, encore fallait-il le faire, ce qui donna à la dame le temps de se reprendre :

— Un instant !

La blanche main, dégantée pour écrire, chargée de bagues, effleura nerveusement le merveilleux visage qui s'avança, après un regard anxieux sur le papier posé sur le comptoir, tout contre les barreaux de la cage.

— Je crois qu'il faut que je change un mot !

Elle reprit son télégramme et le relut ; visiblement en proie à une inquiétude nouvelle, elle l'examinait sans pouvoir prendre de décision, tandis que la jeune fille l'observait.

Alors celle-ci se décida, devant l'expression qu'elle avait surprise. Si elle s'était toujours doutée que ces deux êtres étaient en danger, l'air de la dame en était la preuve. Elle s'était trompée, elle ne trouvait plus le mot juste, et il était, de toute évidence, essentiel qu'elle le retrouvât. Rassurée par l'affluence et le fait que ni le caissier ni Mr. Buckton ne faisaient attention à elle, la jeune fille risqua :

— N'est-ce pas Cooper's ?

Ce fut comme si elle avait bondi par-dessus la cage pour sauter sur son interlocutrice, dont le regard se figea et les joues se couvrirent d'une rougeur intense. Elle avait fait rougir Junon.

— Cooper's ? répéta la dame.

Il n'y avait plus qu'à continuer.

— Oui, au lieu de Burfield's.

Notre jeune amie eut pitié d'elle et de l'avoir si rapidement réduite à sa merci, sans qu'elle fût pour autant indignée ni hautaine : elle l'avait complètement déroutée, désarmée.

— Ah, vous savez ?...

— Oui, je sais !

La jeune fille sourit, et, puisqu'elle avait fait rougir Junon, elle résolut de la prendre sous sa protection :

— Je m'en charge, dit-elle en tendant une main experte.

La dame se soumit, confuse, désemparée, privée de toute présence d'esprit ; l'instant d'après, le télégramme avait réintégré la cage et son expéditrice quitté le magasin. Alors, rapidement, hardiment, devant tous ceux qui auraient pu témoigner de sa falsification, l'extraordinaire petite employée de chez Cocker modifia le texte. Les gens étaient vraiment par trop légers ; s'ils devaient se trahir, ce ne serait pas la faute de sa merveilleuse mémoire. Pour Miss Dolman, il fallait mettre « Cooper's » : n'était-ce pas convenu depuis des semaines ?

14

Les choses changèrent avec les vacances d'été — des vacances pour tout le monde, sauf pour les animaux dans la cage. Les journées d'août étaient insipides et vides. N'ayant presque rien à se mettre sous la dent, elle sentit baisser l'intérêt qu'elle prenait aux secrets des gens raffinés. Elle était en mesure de les suivre partout, car — ils avaient fait si souvent des projets avec son aide ! — elle savait exactement où ils se trouvaient ; pourtant, elle avait l'impression que le paysage avait cessé de se dérouler devant elle, et l'orchestre de jouer. Il y avait bien un soliste isolé qui venait de temps à autre, mais maintenant les télégrammes concernaient surtout les hôtels, le prix des meublés, les horaires des trains et des bateaux, les rendez-vous où « ne pas se manquer », et elle les trouvait, pour la plupart, prosaïques et vulgaires. Leur seul avantage était d'apporter, dans le réduit où elle étouffait, autant de bouffées des prairies des Alpes et des landes d'Ecosse qu'elle pouvait espérer en respirer. Il y avait, en outre, beaucoup de grosses clientes ennuyeuses, essoufflées, qui l'exaspéraient à force de discuter du prix exorbitant des appartements au bord de la mer, et du nombre effarant de lits requis ; rien qu'à entendre le nom des lieux qu'elles mentionnaient — Eastbourne, Folkestone, Cromer, Scarborough, Whitby — elle éprouvait la soif du voyageur hanté par le murmure de l'eau au milieu du désert. Il y avait douze ans qu'elle n'avait pas quitté Londres. Et seul le piment d'un ressentiment chronique pouvait relever la fadeur creuse des semaines présentes. Les rares clients qu'elle voyait étaient ceux qui, « en partance », arpentaient déjà les ponts des yachts aux voiles frémissantes, ou la crête des promontoires rocheux caressés par cette brise dont l'absence la faisait languir.

Cette période de l'année la rendait particulièrement sensible au fossé creusé entre les classes sociales. Elle le ressentit d'autant plus cette année-là que, par extraordinaire, elle eut enfin l'occasion de s'en aller presque aussi loin que n'importe qui. On prenait des vacances à tour de rôle dans la cage, comme au magasin et à Chalk Farm; depuis deux mois, elle savait qu'on devait lui donner quelques jours — au moins douze — en septembre. Lors de ses derniers rendez-vous avec Mr. Mudge, ils étaient passés tous deux par une alternance d'espoirs et de craintes au sujet de la possibilité de partir en vacances aux mêmes dates — mais à mesure que grandit leur délicieuse certitude, ce problème se perdit dans un océan d'hypothèses sur le choix du lieu et des modalités. Pendant tout le mois de juillet, le dimanche soir et à tous les autres moments de liberté qu'il pouvait grignoter, Mr. Mudge avait noyé leurs conversations sous les vagues d'une spéculation déchaînée. Il était pratiquement entendu qu'ils feraient bourse commune et qu'ils emmèneraient sa mère à elle « quelque part sur la côte sud », phrase dont elle aimait la sonorité. Mais il avait tellement ressassé ce projet qu'il avait déjà perdu pour elle toute sa fraîcheur. C'était devenu le seul sujet de conversation de Mr. Mudge, le thème unique de ses précautions solennelles et de ses placides plaisanteries, auquel il revenait sans cesse pour tout remettre en question, tout réviser, allant jusqu'à détruire le moindre projet encore en germe. Dès le premier jour, intitulant « nos vacances » l'entreprise qu'il menait comme un consortium administre un emprunt, il avait annoncé qu'il fallait étudier la question à fond, et, jour après jour, il amassa sur le sujet une telle quantité d'informations qu'elle s'en montra vivement surprise, et en éprouva même, elle le lui dit franchement, un certain mépris. Pensant au danger que frôlait délicieusement un certain couple d'amants, elle lui demanda, une fois de plus, pourquoi il était incapable de s'en remettre au hasard. Il lui répondit qu'il était fier, précisément, de sa prévoyance, et il opposa Ramsgate à Bournemouth et Boulogne à Jersey — car il avait de grands projets — avec cette maîtrise du détail qui, dans sa profession, devait un jour le mener loin.

Plus il y avait de temps qu'elle n'avait vu le capitaine Everard, plus elle se sentait tenue, comme elle disait, de passer devant Park Chambers ; c'était sa seule distraction, pendant les longues journées d'août et les lents crépuscules mélancoliques. Une bien faible distraction, elle le savait depuis longtemps, et, à la fin de chaque après-midi, lorsque l'heure du départ approchait, elle y pensait et se disait : « Non, non, pas ce soir. » Elle ne manquait jamais de se faire cette remarque en silence, ni de sentir, au tréfonds d'elle-même, que de telles réflexions ne pesaient pas plus que des fétus de paille, car l'importance qu'elles paraissaient avoir à huit heures, elles l'avaient immanquablement perdue à huit heures et quart. Les réflexions valent ce qu'elles valent, c'est certain, mais le destin est le destin et celui de cette jeune femme était de passer devant Park Chambers tous les soirs de sa laborieuse semaine. Dans sa connaissance approfondie de la vie sociale, elle se souvenait, à ces moments-là, que les gens du monde tenaient pour agréable, en août ou en septembre, d'être interpellés par quelqu'un de connaissance lorsqu'ils traversaient la ville. Et, de fait, quelqu'un passait toujours, qui pouvait toujours interpeller quelqu'un d'autre. Connaissant bien cette règle du jeu, elle avait adopté le plus ridicule des trajets pour rentrer chez elle. Par un vendredi pesant, terne et insignifiant, où elle avait été retenue un peu plus tard que d'habitude chez Cocker, elle pressentit que l'événement fabuleux dont toutes les possibilités peuplaient depuis si longtemps ses rêves allait enfin se produire. Mais dans des circonstances si parfaites qu'il ne pouvait être que l'émanation d'un songe. Elle vit se dérouler devant elle, comme dans la perspective d'un tableau, la rue déserte, bordée de pâles réverbères dans l'ombre encore timide. Du seuil de Park Chambers, un gentleman fixait d'un œil vague le crépuscule paisible, et la forme menue de notre jeune amie tremblait violemment, en s'approchant, à l'idée qu'elle risquait de le troubler dans sa contemplation. Tout, en effet, se précisa avec la netteté implacable de l'éclair : ses hésitations d'autrefois l'abandonnèrent, et sa familiarité avec le destin lui donna l'impression que le clou même qui le scellait était enfoncé en elle par le regard fixe dont l'observait depuis un instant le capitaine Everard.

La porte d'entrée était ouverte et le portier absent, comme le jour où elle avait jeté un coup d'œil à l'intérieur de l'immeuble ; le capitaine était sur le point de sortir, en tenue de ville — costume de tweed et chapeau melon —, de passage, entre deux voyages, ne sachant comment tromper son ennui d'un soir. Elle se réjouit de ne l'avoir jamais encore rencontré ainsi, et goûta délicieusement l'avantage qu'elle avait pris sur lui : jamais il ne pourrait deviner le nombre de fois qu'elle était passée par là. Elle décida sur-le-champ de lui faire croire que c'était la première fois, qu'il s'agissait d'un singulier hasard, alors même qu'elle ignorait encore s'il allait la reconnaître, ou seulement la voir. S'il l'avait regardée, ce n'était pas, elle le savait, pour avoir reconnu la jeune employée de chez Cocker ; il aurait dévisagé de la sorte n'importe quelle jeune femme qui ne fût pas un laideron. Mais voici qu'au moment où elle atteignait la porte, il la regarda pour la seconde fois, d'un long coup d'œil clair et amusé, et la situa dans son souvenir. Ils se trouvaient de chaque côté de la rue étroite et calme, qui n'en servait que mieux de décor à ce petit drame fugace. Drame fugace et inachevé, même après que le capitaine, avec le rire le plus charmant qu'elle eût jamais entendu, et un petit coup de chapeau, lui eut lancé :

— Oh, bonsoir !

Drame qui fut de moins en moins près de s'achever, lorsque, dans l'instant qui suivit, ils se rencontrèrent d'un air gauche au milieu de la chaussée — ce que les trois ou quatre pas qu'elle fit avaient indéniablement provoqué — et que, s'éloignant du trottoir, elle se dirigea avec lui vers l'entrée de Park Chambers.

— Je ne vous avais pas reconnue tout de suite ! Vous vous promenez ?

— Oh, je ne me promène jamais le soir. Je rentre chez moi après mon travail.

— Ah !

Ce fut tout ce qu'ils échangèrent, entre deux sourires, et, comme il semblait n'avoir rien à ajouter, ils restèrent ainsi, en face l'un de l'autre ; l'expression du capitaine était exactement celle qu'il eût arborée s'il s'était demandé comment prier la jeune fille d'entrer chez lui. Oui, ce qu'il se demandait pendant cet intervalle de silence, c'était, elle le sentait bien, de quelle *manière* l'inviter. Car ce n'était qu'une question de manières.

15

Par la suite, elle ne sut jamais très bien ce qu'elle avait fait pour se tirer de ce pas ; sur le moment, elle s'aperçut seulement qu'ils laissaient derrière eux le vestibule éclairé et l'escalier tranquille, pour se diriger, un peu à l'aveuglette, mais d'un pas ferme, vers le haut de la rue. Tout s'était passé selon un accord tacite sans que rien n'eût été vulgairement précisé. Plus tard, elle devait se souvenir — et y resonger — que la seule chose qui s'était passée entre eux, pendant cette longue minute, était qu'il avait parfaitement compris avec quel naturel elle rejetait, sans aucune ostentation du geste ou de la voix, l'idée d'être, hors de la cage, cette employée en liberté qu'elle se flattait de ne pas être. Oui, songea-t-elle plus tard, il était étrange que tout cela ait eu lieu entre eux sans être gâté par l'insolence et l'amertume qui accompagnent souvent ce genre de relations. Il n'avait pris aucune liberté, comme elle eût dit ; et elle, de crainte de se compromettre, n'en avait également pris aucune. Mais elle ne put s'empêcher de se demander ce que signifiait cette liberté de mouvements du capitaine, alors qu'elle se figurait qu'il était intimement lié à Lady Bradeen. Voilà une de ces questions qu'elle devait élucider : si les hommes du monde invitaient des jeunes filles à monter dans leur chambre, tout en étant passionnément amoureux d'autres femmes. Les gens de sa classe à lui pouvaient-ils se le permettre, sans « trahir leur amour », comme disaient les gens de sa classe *à elle* ? Elle soupçonnait la réponse : les gens comme elle ne comptaient pas pour une infidélité, mais seulement sur un autre plan ; elle aurait bien voulu savoir lequel.

Ensemble, ils flânèrent dans ce coin désert de Mayfair, à travers la soirée d'été, et ils finirent par se retrouver en face d'une des entrées secondaires du parc. Alors, sans presque s'en apercevoir — ils étaient si absorbés par autre chose — ils traversèrent la rue, entrèrent dans le jardin et s'assirent sur un banc. Elle avait conçu le splendide espoir qu'il ne dirait rien de vulgaire. Elle savait parfaitement ce qu'elle entendait par là, qui n'avait rien à voir avec l' « infidélité ». Leur banc n'était pas éloigné de l'entrée, il se trouvait près de la grille qui longe l'Avenue du Parc, près des réverbères allumés, près du fracas des cabs et des omnibus. Elle était assaillie par une émotion étrange, et sentait monter en elle une fièvre grandissante, causée surtout par la joie lucide qu'elle prenait à tenter de le mettre à l'épreuve. Elle éprouvait intensément le désir qu'il découvrît à quel type de femme elle appartenait, sans qu'elle s'abaissât à le lui dire. Il avait dû le comprendre dès l'instant où il s'était abstenu de saisir toutes les « occasions » qu'un homme ordinaire eût commis la bévue de ne pas manquer. Or les « occasions » étaient purement superficielles, alors que *leur* relation était secrète et profonde. En chemin, elle avait si peu douté de ce qui se passerait qu'elle prit, à peine furent-ils assis, la direction de l'entretien. Ses heures de présence, ses servitudes, son travail à la poste — tandis qu'elle jetait des coups d'œil rapides sur ses télégrammes qui lui révélaient ses ressources et ses dilemmes —, tout cela avait formé jusqu'alors le sujet de leur conversation.

— Eh bien, nous voilà dans le parc, et c'est bien notre droit d'y être, mais ce n'est pas du tout ici, vous savez, que j'allais.

— Vous rentriez chez vous ?

— Oui, et j'étais déjà en retard. J'allais dîner.

— Vous n'avez pas encore dîné ?

— Pas encore.

— Alors, vous n'avez pas mangé du tout ?

Il parut soudain si inquiet qu'elle éclata de rire.

— De toute la journée ? Oh si ! nous avons un repas. Mais cela fait longtemps, et il faut que je vous quitte.

— Oh ! je suis désolé ! » s'écria-t-il avec une intonation à la fois comique, légère et navrée, où se lisait l'aveu de sa détresse devant une situation aussi pénible, si bien qu'elle fut persuadée de lui avoir clairement fait comprendre tout ce qui les séparait. Il la regarda avec bonté, sans prononcer les mots dont elle savait qu'il ne les dirait pas. Oui, elle savait qu'il n'aurait pas dit : « Alors, venez dîner avec moi ! » Mais la preuve qu'elle ne s'était pas trompée la combla comme un festin.

— Je n'ai pas faim du tout, reprit-elle.

— Mais si, vous devez avoir faim, terriblement faim ! répondit-il, s'installant sur le banc comme si cela ne devait aucunement l'empêcher d'y rester toute la soirée. J'ai toujours voulu trouver l'occasion de vous remercier pour le mal que vous vous donnez si souvent pour moi.

— Oui, je sais, répliqua-t-elle ; et sa réponse révéla qu'elle comprenait bien mieux la situation que si elle avait fui l'allusion. Elle sentit qu'il était surpris, et même un peu intrigué, par la franchise de son assentiment ; en fait, la peine qu'elle s'était donnée se trouvait — en ces minutes fuyantes qui ne reviendraient sans doute jamais — amassée sur ses genoux comme un tas de pièces d'or. Oui, il pourrait regarder ce trésor, le palper, prendre les pièces dans sa main. Mais s'il commençait à comprendre, il devait aller jusqu'au bout.

— J'estime que vous m'avez déjà infiniment remerciée.

Elle sentit de nouveau ce qu'il y aurait d'horrible à paraître attendre une récompense.

— C'est tout à fait curieux que vous ayez été là, la seule fois où...

— La seule fois où vous êtes passée devant chez moi ?

— Oui, vous pensez bien que je n'ai pas de temps à perdre. J'étais attendue quelque part, ce soir.

— Bien sûr, je comprends.

Il savait déjà tant de choses sur son travail.

— Ce doit être terriblement dur pour une dame comme vous.

— C'est vrai, mais je ne m'en plains pas plus que mes collègues — et vous avez pu voir que ce ne sont pas des dames !

Elle plaisantait doucement, mais avec intention :

— On s'habitue aux choses et il y a des métiers bien pires.

Du moins éviterait-elle de lui peser : gémir, énumérer ses griefs, voilà ce que ferait une fille de bar ou de magasin, et c'était déjà trop d'être assise là comme l'une d'elles.

— Si vous aviez eu un autre métier, remarqua-t-il au bout d'un moment, nous ne nous serions peut-être jamais connus.

— C'est probable, et certainement pas de cette façon.

Puis, la tête haute, car elle gardait toujours son trésor sur les genoux, elle demeura immobile, se contentant de lui sourire. La nuit était tombée ; ici et là, les réverbères rougeoyaient, et autour d'eux le parc se remplit d'une vie obscure et ambiguë ; d'autres couples étaient assis sur d'autres bancs, qu'il était difficile de ne pas voir, mais impossible de regarder.

— Si je me suis tellement écartée de mon chemin, c'est que je voulais vous montrer que... (elle hésita, car ce n'était pas facile à exprimer)... que tout ce que vous avez pu penser est parfaitement vrai.

— Oh ! j'ai pensé à tant de choses, répondit-il en riant. Est-ce que je peux allumer une cigarette ?

— Pourquoi pas ? Vous fumez toujours *là-bas.*

— A la poste ? Oui, mais ici, c'est différent.

— Mais non, dit-elle tandis qu'il allumait sa cigarette, justement pas. Ici, c'est la même chose.

— Eh bien, il faut croire que *là-bas,* tout est merveilleux !

— Alors, vous vous êtes rendu compte à quel point c'est merveilleux ? répliqua-t-elle.

Il hocha vigoureusement sa belle tête, comme pour chasser l'ombre d'un doute :

— C'est bien pourquoi je veux vous exprimer toute ma gratitude pour le mal que vous vous donnez. On dirait vraiment que vous y prenez un intérêt particulier.

Pour toute réponse, elle le regarda, embarrassée soudain, car elle s'était aperçue qu'il ne savait comment interpréter son silence.

— C'est vrai, n'est-ce pas, que vous y prenez un intérêt particulier ?

— Oh oui, très particulier ! murmura-t-elle d'une voix tremblante, effrayée de se sentir en proie à une gêne croissante, et d'autant plus soucieuse de dominer son émotion. Elle continua de sourire fixement ; l'obscurité peuplée lui parut moins troublante, tant son propre esprit était troublé. Ce qui la submergea soudain, ce fut qu'ils étaient là, ainsi, ensemble. Ils étaient proches, proches l'un de l'autre, et tout ce qu'elle avait imaginé était seulement devenu plus réel, de façon terrible et irrémédiable. Elle regarda en silence, droit devant elle, jusqu'au moment où elle craignit de lui paraître idiote ; puis, afin de dire quelque chose, ou afin de ne rien dire, elle eut un faible gémissement, qui s'acheva en un flot de larmes.

16

Ses larmes l'aidèrent à dissimuler, car, dans ce lieu public, elle dut tout de suite se ressaisir. Ces pleurs ne durèrent qu'un instant, et elle leur trouva aussitôt une justification :

— C'est que je suis si fatiguée, voilà pourquoi... voilà pourquoi...

Et elle ajouta, non sans incohérence :

— Je ne vous reverrai jamais.

— Pourquoi donc ?

Le simple ton sur lequel son compagnon posa cette question lui dévoila, une fois pour toutes, la puissance d'imagination dont il était capable, qui, bien loin d'être immense, s'était déjà épuisée à chercher le motif des pauvres efforts que la jeune fille avait déployés chez Cocker. Mais on ne pouvait lui reprocher son manque d'imagination : il n'était pas tenu, *lui*, à une intelligence de second ordre, ni à des qualités de seconde main. Il semblait vraiment croire qu'elle n'avait pleuré que par fatigue ; aussi lui prodigua-t-il de vagues encouragements :

— Je vous assure que vous devriez prendre quelque chose ! Ne voulez-vous pas prendre quelque chose, quelque part ?

A cela, elle ne répondit que par un brusque geste de refus.

— Et pourquoi donc ne pourrions-nous plus nous rencontrer ?

— Je veux dire : comme ce soir — seulement comme ce soir. Ce qui se passe là-bas, à la poste, ne me concerne pas — mais j'espère bien que vous y apporterez votre courrier chaque fois que cela vous arrangera, que je reste ou que je parte, car il est probable que je ne resterai pas.

— Vous allez ailleurs ? demanda-t-il, avec une réelle inquiétude.

— Oui, très loin — à l'autre bout de Londres. Pour toutes sortes de raisons que je ne peux vous dire. C'est pratiquement décidé. Cela vaut mieux pour moi, beaucoup mieux. Au fond, je ne suis restée chez Cocker que pour vous.

— Pour moi ?

Dans la pénombre, elle devina qu'il avait rougi : certes, il était loin d'en savoir trop. Elle comprit qu'elle lui avait trop demandé, à voir le bonheur qu'elle éprouvait à sa seule présence.

— Oh, nous ne parlerons jamais plus comme ce soir — jamais, jamais plus ! Je vais tout vous dire, je vais être franche. Peu importe ce que vous pensez, cela n'a pas d'importance, je ne désire que vous aider. D'ailleurs, vous êtes bon, vraiment bon. Il y avait bien longtemps que je désirais partir. Mais à certains moments, vous veniez et vous aviez tant de courrier, c'était si agréable, si intéressant, que je suis restée, et que j'ai toujours remis mon départ à plus tard. Plus d'une fois, alors que j'étais presque décidée, vous êtes revenu, et je me suis dit : « Oh, non ! » C'est la pure vérité !

Elle avait maintenant si bien dominé son trouble qu'elle pouvait rire :

— Voilà ce que je voulais dire, tout à l'heure, quand je vous ai affirmé que je *savais*. Je savais que vous saviez que je me donnais du mal pour vous. Et savoir cela, c'était pour moi, et pour vous aussi, il me semble, comme si quelque chose — je ne sais quoi — nous liait. Quelque chose de bien, d'exceptionnel, sans rien de laid ni de vulgaire.

Elle s'aperçut que ses propos l'avaient violemment surpris, mais à vrai dire, elle ne s'en soucia guère, d'autant que le capitaine paraissait plongé dans la plus grande perplexité. Elle était persuadée que, dans tout cela, ce qui ressortait avec clarté pour lui était le plaisir de l'avoir rencontrée. Elle le tenait, et il était étonné de sentir avec quelle force. Il la contemplait avec une estime et une attention infinies. Il avait rejeté en arrière son chapeau melon, dans une attitude juvénile qui laissait voir son front et ses cheveux, et, accoudé au dossier du banc, il soutenait élégamment sa tête, d'une main qui froissait ses gants.

— Oui, admit-il, rien de laid ni de vulgaire.

Elle hésita un instant, puis avoua :

— Pour vous, je ferais n'importe quoi. N'importe quoi.

Elle n'avait, de sa vie, rien connu d'aussi noble ni d'aussi beau que cette façon de tout lui dire et d'avoir le splendide courage de s'en tenir là. N'étaient-ce pas le parc, son atmosphère, et les circonstances de leur rencontre, qui prêtaient à de telles paroles un sens qu'elles n'avaient pas ? N'était-ce pas précisément cela qui faisait leur beauté ?

Elle s'en tint donc là avec un splendide courage, et, peu à peu, elle sentit qu'il pesait ces paroles comme s'ils étaient assis sur le sofa de satin d'un boudoir. Elle n'avait jamais vu de boudoir, mais les télégrammes en étaient remplis. En tout cas, ce qu'elle avait dit le pénétra tellement que, peu après, il posa simplement sa main sur la sienne et la pressa vivement. Il n'y avait pas de raison de répondre à cette pression, pas de raison non plus de s'y dérober. Elle se contenta de rester parfaitement immobile, satisfaite de voir qu'elle l'avait décontenancé. Il était même plus ému qu'elle ne l'avait cru tout d'abord.

— Il ne faut absolument pas que vous vous en alliez, vous savez ! finit-il par murmurer.

— Vous voulez dire : m'en aller de chez Cocker ?

— Oui. Il faut que vous y restiez, quoi qu'il arrive, ne fût-ce que pour aider un ami.

Elle se tut un moment, surtout pour savourer la joie étrange de sentir son regard posé sur elle comme si cela lui tenait vraiment à cœur et qu'il attendait anxieusement sa réponse.

— Alors, vous avez compris ce que je voulais faire ? demanda-t-elle.

— Ne me suis-je pas précipité tout à l'heure pour vous remercier ?

— Mais si, c'est ce que vous m'avez dit.

— Et vous ne me croyez pas ?

Elle baissa un instant les yeux sur la main qui recouvrait toujours la sienne, mais il la retira aussitôt, et se croisa les bras avec une certaine nervosité. Sans répondre, elle reprit :

— Avez-vous jamais parlé de moi ?

— Parlé de vous ?

— De ma présence là-bas, de tout ce que je sais : vous voyez ce que je veux dire.

— Jamais. A personne ! s'empressa-t-il de répondre.

Elle se sentit légèrement déçue, ce qui se traduisit par un nouveau silence, puis elle en revint à sa question précédente :

— Oui, je crois volontiers que vous aimez que je sois toujours là-bas et que nous traitions nos affaires avec tant de confiance, tant de succès, et que nous les reprenions, sinon là où nous les avions laissées (et elle eut un petit rire) — du moins presque toujours à un point intéressant !

Il allait lui répondre, mais la jeune fille le devança avec une gaieté amicale :

— Il vous faut tant de choses dans la vie, tant de facilités, tant de luxe, il vous faut tant de douceurs... Alors, pour autant que quelqu'un puisse y contribuer...

Et, tournée vers lui, elle sourit pensivement.

— Voyez-vous ça ! dit-il.

Il était suprêmement amusé.

— Et ensuite ? demanda-t-il, comme pour l'encourager à parler.

— Eh bien, ce quelqu'un ne doit jamais décevoir. Il faut que nous arrangions cela pour vous, d'une manière ou d'une autre !

Il rejeta la tête en arrière et éclata de rire, ravi.

— Oh oui, d'une manière ou d'une autre !

— Enfin, je crois que nous faisons ce que nous pouvons, n'est-ce pas ? Dans la mesure du possible, selon nos modestes capacités. Je suis contente, en tout cas, de voir que vous êtes content, car je vous assure que j'ai fait de mon mieux.

— Vous vous en tirez mieux que personne !

Il avait frotté une allumette pour fumer une autre cigarette, et la flamme éclaira son beau visage animé, transformant en une amusante grimace l'amabilité avec laquelle il la remerciait.

— Vous êtes terriblement intelligente, vous savez ; oh oui, plus intelligente, plus intelligente que...

Il parut sur le point de dire quelque chose d'essentiel, mais, soudain, il ébaucha un mouvement presque violent, tira une bouffée de cigarette, et laissa la phrase en suspens.

17

Malgré cette interruption, voire à cause d'elle, la jeune fille sentit que Lady Bradeen, sans avoir été nommée, venait de surgir entre eux ; elle faillit trahir ce qu'elle éprouvait par son hésitation à répondre :

— Plus intelligente que qui ?

— Eh bien, si je n'avais peur de vous effaroucher, je dirais : plus intelligente que n'importe qui ! Si vous quittez votre place, où irez-vous ? demanda-t-il avec plus de sérieux.

— Oh, trop loin pour que vous puissiez jamais me retrouver !

— Je vous retrouverais n'importe où.

Il dit cela d'un ton si grave qu'elle répéta son aveu :

— Je ferais n'importe quoi pour vous. N'importe quoi.

Elle avait conscience d'avoir tout dit, mais, au point où elle en était, cela n'avait plus d'importance. En être arrivée là lui permettait justement d'introduire une note plus légère qui le libérât généreusement de la gêne qui s'était glissée entre eux, qu'elle vînt de lui ou d'elle-même.

— Evidemment, cela doit être délicieux pour vous de vous sentir entouré de personnes qui éprouvent de tels sentiments.

Sa seule réaction fut de continuer à fumer sans la regarder.

— Mais vous ne songez pas à changer de travail ? demanda-t-il enfin. Je veux dire : vous resterez à la poste ?

— Mais oui. Je suis si douée pour cela !

— Je pense bien ! Vous n'avez pas votre pareille ! répondit-il en se rapprochant d'elle. Mais un changement vous donnerait-il quelques avantages ?

— Je pourrais trouver un logement moins cher en banlieue. Je vis avec ma mère ; nous aurions besoin d'un peu d'espace. Et puis la place qu'on me propose a d'autres attraits.

Il hésita un instant.

— Où est-ce ?

— Oh, très loin de chez vous. Vous n'auriez jamais le temps d'y aller.

— Mais puisque je vous dis que j'irais n'importe où ! Vous ne me croyez pas ?

— Si, vous viendriez une fois ou deux. Et puis vous vous apercevriez que ce n'est pas un endroit pour vous.

Tout en fumant, il parut réfléchir, étira un peu ses jambes, et se laissa convaincre avec un sentiment délicieux de bien-être :

— Eh bien, eh bien... je crois tout ce que vous

me dites. Oui, de vous j'accepte tout, tout ce que vous voudrez, c'est incroyable !

Alors elle sentit — et presque sans aucune amertume — que la façon dont elle essayait de mettre en valeur les seules ressources qu'elle avait, comme si elle le connaissait de longue date. était plus incroyable encore.

— Je vous en prie, ne vous en allez pas ! reprit-il au bout d'un moment. Vous me manqueriez horriblement !

— Alors, c'est une demande formelle ?

Oh, comme elle s'efforçait d'enlever à ses paroles tout ce qui pouvait évoquer la dureté d'un marchandage ! Cela aurait dû être facile, car qu'essayait-elle d'obtenir ? Avant qu'il pût répondre, elle poursuivit :

— Pour être tout à fait franche, je dois vous dire qu'il y a chez Cocker beaucoup de choses qui me retiennent. Vous y venez tous, et puis j'aime les horreurs.

— Les horreurs ?

— Oui, ce que vous tous — vous savez bien qui je veux dire, ceux de votre monde — ce que vous me révélez sans plus vous gêner que si je n'étais qu'une boîte aux lettres.

Il était tout émoustillé par la façon dont elle s'exprimait.

— Oh, ils ne se rendent pas compte !

— Ne se rendent pas compte que je ne suis pas idiote ? C'est vrai, comment le pourraient-ils ?

— Oui, comment le pourraient-ils ? dit le capitaine

avec sympathie. Mais parler d' « horreurs », n'est-ce pas un peu fort ?

— C'est ce que vous *faites* qui est un peu fort, répondit sans hésiter la jeune fille.

— Ce que je fais ?

— Vos folles dépenses, votre égoïsme, votre immoralité, vos crimes, poursuivit-elle, sans prendre garde à l'expression qu'il montra.

— Ça alors ! fit-il, complètement abasourdi.

— Je les aime, je vous l'ai dit : je m'en délecte. Mais ce n'est pas la peine de s'étendre là-dessus, ajouta-t-elle tranquillement, car je n'en retire que le plaisir inoffensif de savoir. Je sais, je sais, je sais ! acheva-t-elle dans un souffle.

— Oui, c'est tout cela qui nous a liés, répondit-il avec bien plus de simplicité.

Elle pouvait — et c'est ce qu'elle fit un moment — goûter cette simplicité en silence.

— Si je reste parce que vous le voulez — et j'en suis bien capable — il y a deux ou trois choses que vous devriez vous rappeler. La première est que je passe parfois des jours et des semaines sans vous voir.

— Oh, je viendrai tous les jours ! s'écria-t-il.

A ces mots, elle eut envie d'imiter de la main le geste qu'il avait eu tout à l'heure, mais elle se maîtrisa, et la manière rassurante dont elle dit : « Comment le pourriez-vous ? Comment ? » ne manqua pas de produire son effet. Il n'avait qu'à y réfléchir, là, dans l'obscurité frémissante de plaisirs vulgaires, pour savoir qu'il ne le pouvait pas. Il ne répondit rien, et son silence instaura entre eux ce qu'ils avaient évité de nommer, cette présence qu'ils avaient si constamment frôlée. L'espace d'un instant, ils crurent la deviner dans les yeux l'un de l'autre, avec une telle évidence qu'il n'était plus besoin de prétexte pour y faire enfin allusion :

— Vous êtes en danger, en danger... !

Sa voix en tremblait et elle ne put rien dire de plus.

Alors, le dos appuyé au banc, il affronta son regard en silence, avec une expression des plus étranges, si étrange que la jeune fille se leva. Elle resta debout comme si leur conversation était terminée, tandis que, toujours assis, il continuait à l'observer. C'était comme si, maintenant qu'un tiers avait fait irruption, il leur fallait redoubler de prudence. Il put tout juste articuler :

— Voilà où nous en sommes !

— Voilà où nous en sommes ! répéta la jeune fille avec la même réserve.

Il ne bougea pas, et elle ajouta :

— Je ne vous abandonnerai pas. Au revoir.

— Au revoir ? demanda-t-il sans se lever.

— Je ne sais pas comment je ferai, mais je ne vous abandonnerai pas, répéta-t-elle. Voilà. Au revoir.

Il se leva brusquement et jeta sa cigarette. Son pauvre visage avait rougi.

— Ecoutez-moi, écoutez-moi !

— Non, il faut que je vous quitte maintenant, poursuivit-elle comme si elle n'entendait pas.

— Ecoutez-moi, écoutez-moi !

Penché vers elle, il essaya de nouveau de lui prendre la main.

Ce geste la décida ; cela ne valait guère mieux que s'il l'avait invitée à dîner.

— Il ne faut pas m'accompagner — non, non !

Il retomba sur son banc, interdit, comme si elle l'avait poussé.

— Je ne peux pas vous raccompagner ?

— Non, non, laissez-moi partir.

C'était presque comme si elle l'avait giflé, mais elle n'y fit pas attention et lui dit, d'une voix autoritaire où perçait l'irritation :

— Restez où vous êtes !

— Ecoutez-moi, écoutez-moi ! s'obstina-t-il encore.

— Non, je ne vous abandonnerai pas ! s'écria-t-elle une dernière fois, mais avec passion. Et elle le quitta aussi rapidement qu'elle put, pendant qu'il la suivait d'un regard stupéfait.

18

Mr. Mudge avait été tellement absorbé par leurs fameux « projets » qu'il avait un peu négligé la question du nouvel emploi de sa fiancée ; mais, une fois à Bournemouth — choisi comme lieu de villégiature au terme de calculs savants qui couvraient les innombrables pages, méticuleusement tenues, d'un petit carnet graisseux — il avait fallu abandonner le fascinant domaine des possibles pour celui de l'éphémère et de l'irréalisable. La jeune fille, assise sur la jetée à contempler la mer et les promeneurs, était rassurée de voir tous ces projets s'évanouir un à un, heure par heure, et se dissoudre en vapeurs rosées. Et elle sentait que chaque instant qui passait laissait un peu moins d'inconnu à sonder. Toute la semaine, il fit un temps exquis. Sa mère s'était prise d'amitié pour la propriétaire de la pension, et la jeune fille en fut à la fois soulagée et gênée à cause de la liberté que cela leur donnait. Ainsi, le plaisir de sa mère, tout au long de cette semaine à Bournemouth, était-il de bavarder interminablement dans une arrière-cuisine étouffante, comme le faisait remarquer à sa fiancée Mr. Mudge — porté, il est vrai, à scruter tous les mystères et même, comme il l'admettait parfois, à exagérer les choses — tandis qu'il était assis près d'elle sur la falaise, ou sur le pont du vapeur qui les emportait, étroitement serrés dans la foule dense des vacanciers en liesse, vers l'île de Wight et la côte du Dorset.

Il logeait dans une autre maison, où il avait rapidement appris qu'il fallait savoir ouvrir l'œil. Il ne cacha pas à sa fiancée ses soupçons sur la complicité sordide qui liait ces dames dans leur arrière-cuisine, et qui se traduisait par une exubérance voisine de l'ébriété. Il reconnaissait, bien sûr, que sa future belle-mère les eût bien plus embarrassés en s'attachant à leurs pas qu'en offrant des confitures et du thé à son hôtesse afin d'obtenir d'elle de quoi satisfaire son funeste penchant à la boisson, penchant auquel ils évitaient de faire allusion entre eux. Tels étaient les problèmes quotidiens, les soucis familiers que Mr. Mudge devait affronter, et sa fiancée en éprouvait, au milieu de ses vacances, une sensation étrange, mais agréable et presque apaisante, de retombée. Elle ressentait un calme extraordinaire, un abandon total au souvenir et à l'immobilité. Elle n'avait envie de se promener ni à pied ni en bateau ; il lui suffisait d'être assise sur un banc, de contempler la mer, de respirer l'air salé, de goûter le plaisir de ne plus être chez Cocker et de ne plus voir le caissier. Elle semblait encore espérer quelque chose, qui fût à la hauteur de ces discussions qui avaient fait de leur petit congé d'une semaine une véritable montagne ; et quelque chose arriva, en effet, mais qui ne parut pas être l'apogée rêvé.

La prévoyance et la prudence, ces deux fleurs qui poussaient dans l'esprit de Mr. Mudge, ne se fanaient en un endroit que pour mieux refleurir ailleurs : le mardi, il songeait au bateau qu'il prendrait le jeudi pour Swanage, mais, le jeudi, il avait soin de commander le hachis de rognons pour le samedi. Il avait, en outre, la manie de s'interroger sur l'endroit où ils auraient dû aller, et sur ce qu'ils auraient dû faire, s'ils ne s'étaient contentés de faire ce qu'ils faisaient. En somme, il avait ses propres ressources, et sa fiancée n'avait jamais mieux senti leur importance ; mais elles n'avaient jamais été aussi éloignées des siennes. Elle aurait voulu rester comme elle était, et que rien ne changeât. Elle pouvait même supporter sans regrets une telle rigueur d'économie que le prix dérisoire d'admission sur la jetée exigeait de sacrifier un autre plaisir. Les clients de Laddle et de Thrupp pouvaient bien s'amuser à leur manière, elle devait rester assise à écouter Mr. Mudge parler de ce qu'il aurait pu faire s'il n'était allé se baigner, ou du bain qu'il aurait pu prendre s'il n'avait déjà pris autre chose. A présent il ne la quittait plus, il était toujours à côté d'elle ; elle le voyait bien plus qu'à « toutes les heures » ; elle ne l'avait jamais tant vu ; elle le voyait même plus souvent qu'il n'avait prévu de la voir à Chalk Farm. Elle préférait s'asseoir à l'extrémité de la jetée, loin de la musique et de la foule, et ils se querellaient souvent à ce sujet, car Mr. Mudge prétendait que c'était seulement au milieu de la foule qu'ils pourraient en avoir pour leur argent. Ces propos la laissaient indifférente : elle savait qu'elle « rentrait dans son argent » en voyant tant de choses, celles de l'année précédente, s'imbriquer et se fondre, grâce au recul heureux qui transfigure la souffrance et la mélancolie, la passion et l'effort, en expérience et en savoir.

Elle aimait se dire qu'elle en avait fini avec ce passé ; le plus curieux était qu'elle ne regrettait en rien le défilé des clients, et ne souhaitait même plus garder sa place à la poste pour les voir. Tout cela n'était plus, dans ce soleil, cette brise et cette odeur marine, qu'un lointain souvenir, l'image d'une autre vie. Si Mr. Mudge, lui, aimait à voir défiler les gens, que ce soit à Bournemouth, sur la jetée, ou à Chalk Farm, elle apprit bientôt à ne plus s'irriter de la comptabilité perpétuelle qu'il tenait des êtres. Il y avait en particulier d'effroyables grosses dames qui le fascinaient, avec leurs souliers blancs et leur casquette d'homme ; peu lui importait, à elle : ce n'était pas là le grand monde, l'univers de chez Cocker, de Laddle et de Thrupp, mais il fournissait à Mr. Mudge un champ illimité d'investigations et de réflexions. Jamais elle n'avait mieux toléré sa présence, ni mieux réussi à le faire bavarder, pour pouvoir se parler secrètement à elle-même. S'ils étaient tous deux remarquablement économes, elle avait appris l'art de dépenser juste assez de mots pour continuer à le faire parler imperturbablement.

Tout ce qu'il voyait l'enchantait ; il ignorait — ou,

s'il le savait, il n'en laissait rien paraître — que bien d'autres images hantaient l'esprit de sa fiancée, qui n'avaient rien à voir avec ces femmes en casquette et ces commis en blazer. Ses remarques et son interprétation du spectacle donnaient à la jeune fille une vision précise de ce qui l'attendait à Chalk Farm. Elle s'étonnait parfois qu'il eût appris si peu, au temps où il était chez Cocker. Mais, un soir, alors que ces vacances sans nuages tiraient à leur fin, il lui donna une preuve de ses dons qui la rendit honteuse de ses petites dissimulations. Il lui apprit une nouvelle que, malgré tous ses bavardages, il avait su garder pour lui jusqu'à ce que le reste fût réglé : il avait, enfin, les moyens de se marier et d'affronter l'avenir. On lui avait offert une promotion à Chalk Farm ; il allait entrer dans l'affaire, en apportant pour tout capital la haute estime où ses futurs associés tenaient ses qualités personnelles. Leur attente avait donc pris fin ; ils pouvaient fixer la date. Ils la fixeraient avant de rentrer, et il avait déjà l'œil sur une ravissante petite maison, qu'il l'emmènerait visiter dès le prochain dimanche.

19

Qu'il ait su garder cette grande nouvelle pour la fin, qu'il ait caché un tel atout dans sa manche, malgré son flot de paroles et leur oisiveté continuelle, c'était là un de ces coups imprévisibles par lesquels il pouvait encore l'impressionner. Ce trait évoqua pour elle la violence contenue qu'il avait déployée quand il avait chassé le soldat ivre ; c'était un exemple de cette force de caractère que confirmait son avancement. Elle écouta en silence les derniers accords de la musique portée par la brise, et, pour la première fois, elle comprit que son avenir était arrêté. Mr. Mudge était, de toute évidence, son destin. Mais elle détourna son visage et resta longuement de profil ; puis elle finit par entendre à nouveau sa voix. Il ne pouvait voir les larmes qui avaient retardé sa réponse, mais il se hasarda à exprimer l'espoir qu'elle en eût assez d'être chez Cocker.

Elle put enfin le regarder :

— Oh, tout à fait. Il ne s'y passe plus rien. Il ne vient plus que les Américains de Thrupp qui, *eux*, n'ont rien à dire — ils ont l'air incapables d'avoir un secret.

— Alors, la raison si bizarre que vous me donniez pour y rester n'est plus valable?

Elle réfléchit un instant.

— Ah ! oui, cette raison-là... Mais j'ai vu tout ce qu'il y avait à voir, je les ai tous dans ma poche.

— Alors, vous êtes prête à me suivre ?

Elle hésita encore un moment, puis :

— Non, pas tout de suite. J'ai une autre raison.

Il l'examina de la tête aux pieds comme si elle cachait quelque chose, dans son gant, dans sa jaquette, ou sous sa robe.

— J'aimerais connaître cette raison, je vous prie.

— C'est que, l'autre soir, je suis allée m'asseoir dans le parc avec un gentleman, dit-elle enfin.

La confiance qu'il avait en elle était illimitée. Et elle s'étonna de ne pas en être plus agacée. En fait, cette confiance lui donnait toute latitude pour révéler à Mr. Mudge la vérité qu'elle avait dissimulée à tous. Les choses en étaient arrivées au point qu'elle en éprouvait le besoin, non pas tant vis-à-vis de lui que d'elle-même. Cette vérité contenait toute l'expérience vécue dont elle allait s'éloigner, et la colorait comme un tableau qu'elle conserverait et que, même si elle le décrivait, elle serait seule à voir. Elle n'avait d'ailleurs pas la moindre envie de rendre Mr. Mudge jaloux : ce serait un piètre divertissement, après ceux qu'elle venait de connaître. Au surplus, elle manquait d'éléments ; certes, une main experte aurait pu envenimer la passion de Mr. Mudge, mais il avait eu la prudence de choisir une compagne qui n'avait pas de poison à distiller. Elle comprit alors qu'elle ne saurait s'intéresser à quelqu'un dont la jalousie ne fût pas dominée par un autre sentiment ou une aspiration d'essence supérieure.

— Et cela vous a apporté quelque chose ? demanda-t-il, avec une curiosité qui n'était nullement à son honneur.

— Rien d'autre que l'occasion de lui promettre que je ne l'abandonnerai jamais. C'est un de mes clients.

— Alors, c'est à *lui* de ne pas vous abandonner !

— Il ne le fera pas. C'est certain. Mais il faut que je reste là tant qu'il pourrait avoir besoin de moi.

— Pour vous asseoir avec lui dans le parc ?

— Peut-être, mais je n'irai pas. Cela m'a bien plu, mais, vu les circonstances, une fois suffit. Je peux faire plus pour lui, d'une autre manière.

— Et de quelle manière, s'il vous plaît ?

— Eh bien, ailleurs.

— Ailleurs ? *Voyez-vous ça !*

C'était une expression du capitaine Everard, mais comme elle sonnait différemment dans sa bouche !

— Il n'y a rien à *voir*, vous savez. Mais il faut peut-être que je vous mette au courant.

— Certainement, mais de quoi ? Que s'est-il passé jusqu'à présent ?

— Simplement ce que je lui ai dit : que je ferais n'importe quoi pour lui.

— N'importe quoi ?

— Tout.

A ce mot, Mr. Mudge tira de sa poche un bout de papier froissé, contenant les restes d'une demi-livre de sucreries. Ces friandises avaient tenu une place importante dans ses projets de vacances, mais il lui avait fallu trois jours pour décider qu'il s'agirait de chocolats à la crème.

— Prenez-en un autre, *celui-là,* dit-il.

Elle en prit un autre, mais pas celui qu'il désignait.

— Et ensuite, que s'est-il passé ? reprit-il.

— Ensuite ?

— Que s'est-il passé quand vous lui avez dit que vous feriez tout pour lui ?

— Je suis partie, tout simplement.

— Du parc ?

— Oui, je l'ai laissé là, sans lui permettre de me suivre.

— Mais alors, que lui avez-vous permis ?

— Je ne lui ai rien permis du tout.

Mr. Mudge réfléchit un instant.

— En ce cas, pourquoi êtes-vous allée dans le parc ?

Il y avait une nuance de sarcasme dans sa voix.

— Sur le moment, je n'en savais rien. Simplement pour être avec lui, je pense — rien qu'une fois. Il est en danger, et j'ai voulu lui faire savoir que je le sais. Cela rend plus intéressant de le voir chez Cocker, puisque c'est pour le rencontrer que je veux y rester.

— Voilà qui est intéressant pour *moi,* déclara Mr. Mudge avec libéralité. Il ne vous a pas suivie ? *Moi,* je l'aurais fait !

— Je le sais bien ! C'est ce que vous avez commencé

par faire, vous vous souvenez ? Vous ne lui arrivez pas à la cheville !

— Eh bien, ma chère, c'est vous dont personne n'arrive à la cheville ! Vous avez un de ces toupets ! Et quel danger court-il ?

— D'être découvert. Il est amoureux d'une dame — de façon illicite — et c'est *moi* qui ai tout découvert !

— Il faudra que je me méfie, plaisanta Mr. Mudge. Vous voulez dire qu'elle a un mari ?

— Ne vous occupez pas de ce qu'elle a ! Ils sont dans une situation dramatique. Mais le danger est encore plus grand pour lui que pour elle. C'est d'elle que vient le danger.

— Comme dans mon cas, le danger vient de vous — la femme que j'aime. S'il a la même frousse que moi...

— Son cas est pire. Il n'a pas seulement peur de la dame, il a peur d'autre chose.

Mr. Mudge choisit un autre chocolat à la crème.

— Eh bien, moi, une seule chose me fait peur ! Et comment diable allez-vous aider ces amoureux ?

— Je n'en sais rien — peut-être pas du tout. Mais tant qu'il y a un espoir...

— Alors vous n'allez pas partir ?

— Non, il faudra que vous m'attendiez.

Mr. Mudge dégusta son chocolat.

— Et qu'est-ce qu'il vous donnera ?

— Me donnera ?

— Si vous l'aidez ?

— Rien. Absolument rien.

— Alors, qu'est-ce qu'il me donnera *à moi* ? demanda Mr. Mudge. Je veux dire : pour la peine d'avoir attendu ?

La jeune fille réfléchit un instant, puis elle se leva.

— Il n'a jamais entendu parler de vous, dit-elle.

— Vous n'avez même pas fait allusion à moi ?

— Nous ne faisons jamais d'allusions. Ce que je vous ai dit, c'est ce que j'ai découvert toute seule.

Du banc où il était resté assis, Mr. Mudge leva les yeux vers elle. Il arrivait souvent qu'elle préférât se reposer quand il lui proposait une promenade, mais, à présent qu'il semblait vouloir rester immobile, elle avait envie de bouger.

— Vous ne m'avez pas dit ce que *lui*, il a découvert ?

Elle regarda son amoureux.

— En tout cas, pas *vous*, mon cher.

Toujours assis, il eut un geste de supplication qui rappelait celui du capitaine Everard sur le banc du parc, mais l'impression était toute différente.

— Enfin, quel est mon rôle dans tout cela ?

— Vous n'avez aucun rôle. C'est le plus beau de l'affaire !

Sur ce, elle alla se mêler à la foule rassemblée autour de l'orchestre. Mr. Mudge la rejoignit aussitôt et prit son bras, avec cette assurance tranquille qui exprime une possession sereine, et ce ne fut qu'au moment de la quitter, le soir, devant la porte de sa chambre, qu'il en revint à ce qu'elle lui avait dit :

— Vous l'avez revu depuis ?

— Depuis cette soirée dans le parc ? Non, pas une fois.

— Oh, quel mufle ! dit Mr. Mudge.

20

Elle ne revit le capitaine Everard qu'à la fin d'octobre et, ce jour-là, les difficultés furent telles qu'ils ne purent se parler. Elle s'était aperçue, même dans sa cage, que la journée était lumineuse et belle ; une tache vaporeuse de soleil automnal éclairait le plancher couvert de sciure et projetait un vif éclat sur les bouteilles de sirop rouge. Il n'y avait presque rien à faire : le magasin était à peu près vide ; la ville ne s'était pas encore réveillée, comme on disait dans la cage, et toute l'atmosphère évoquait ce qu'elle eût, en d'autres circonstances, appelé avec romantisme l'Eté de la Saint-Martin. Le caissier était parti déjeuner ; elle-même était prise par du travail en retard, lorsqu'elle s'aperçut que le capitaine Everard était dans le magasin et que Mr. Buckton s'était déjà précipité vers lui.

Il apportait, comme d'habitude, une demi-douzaine de télégrammes ; quand leurs yeux se croisèrent et qu'il vit qu'elle l'avait vu, il eut, en la saluant, un petit rire forcé où elle décela une gêne. C'était l'aveu de sa maladresse : il savait, semblait-il lui dire, qu'il aurait dû ne pas se précipiter, et attendre, sous un prétexte quelconque, le moment où elle serait libre. Mr. Buckton le retint longtemps, et l'attention de la jeune fille fut bientôt requise par d'autres clients, si bien qu'ils ne purent échanger que la plénitude de leur silence. Il la gratifia d'un regard à son arrivée, et d'un autre à son départ, se bornant à accepter tacitement le vœu qu'elle faisait, puisqu'ils ne pouvaient tenter d'être francs, de ne rien tenter du tout. Cette attitude était celle qu'elle avait adoptée, car elle était capable de sang-froid autant qu'une autre, quand les circonstances l'exigeaient.

Ces instants si comptés, plus que tout ce qu'elle avait déjà obtenu, lui procurèrent l'impression de franchir un pas : ils lui donnèrent — dans un éclair — le sentiment que, maintenant, il savait ce qu'elle ferait pour lui. Les mots qu'elle avait prononcés dans le parc — « n'importe quoi, n'importe quoi » — passaient et repassaient entre eux, devant les visages tendus de ceux qui les séparaient, et semblaient signifier qu'il n'était plus nécessaire de manœuvrer gauchement pour se parler : leurs manigances à la poste, les immenses sous-entendus de leurs questions, de leurs réponses et de leurs échanges de monnaie, paraissaient tout à coup bien pauvres, à l'intense lumière du moment qu'ils avaient partagé. C'était comme si cette rencontre avait eu lieu pour toujours puisqu'elle exerçait, lorsqu'ils se retrouvaient, une influence aussi prodigieuse. Quand elle se revoyait, au cours de cette soirée, dans le parc, le quitter comme pour lui signifier une rupture, elle trouvait quelque chose de pathétique à l'allure compassée de sa propre démarche. N'avait-elle pas fait naître alors, en chacun d'eux, un sentiment qui ne cesserait qu'avec la mort ?

Malgré la beauté de cette interprétation, elle fut emplie d'une sourde irritation après son départ, qui finit par se confondre avec une haine plus amère encore contre Mr. Buckton : celui-ci, une fois le capitaine parti, s'était retiré dans la cabine avec les télégrammes, lui laissant le reste du travail. Elle savait bien qu'elle aurait l'occasion de les consulter plus tard, quand elle le voudrait, dans les dossiers où ils seraient classés ; et, à mesure que la journée s'avançait, elle était partagée entre le sentiment de tout ce qu'elle avait perdu et celui de ce qui s'était rétabli. Mais ce qui la hantait le plus, à un point qu'elle n'avait encore jamais connu, c'était le désir de bondir au-dehors, de se saisir de cet après-midi d'automne avant qu'il s'évanouisse pour toujours, de se précipiter dans le parc et d'être assise, une fois encore, à ses côtés, sur un banc. Elle eut, pendant toute une heure, l'étrange impression qu'il était là-bas, à l'attendre. Dans le cliquetis du télégraphe, elle croyait l'entendre disperser avec impatience les feuilles mortes, du bout de sa canne. Pourquoi cette impression devait-elle la bouleverser avec une telle violence, en cet instant précis ? Il y eut un moment — entre quatre et cinq heures — où elle eût volontiers pleuré de bonheur et de rage.

Vers cinq heures, il lui sembla que le rythme s'accélérait, comme si la ville s'était enfin réveillée. Elle eut soudain plus de travail et s'affaira avec de petits gestes nerveux et saccadés. C'est tout juste si elle ne déchira pas le papier crissant des mandats, en murmurant : « C'est la dernière fois — la dernière fois ! » Quelle dernière fois ? Elle n'aurait su le dire. Tout ce qu'elle savait, c'était que, si maintenant elle sortait de sa cage, il lui serait indifférent que l'obscurité ne fût pas encore tombée. Elle se voyait aller tout droit à Park Chambers, attendre, rôder aux alentours jusqu'à n'importe quelle heure, traîner, sonner à la porte, le demander, entrer dans l'immeuble et s'asseoir sur les marches. C'était peut-être la dernière fois, elle en avait la sensation aiguë, qu'elle voyait l'un de ces jours dorés, l'un de ces rayons vaporeux de lumière, s'insinuer dans la boutique nauséabonde ; c'était peut-être la dernière fois qu'il aurait encore envie de lui répéter les deux mots qu'elle l'avait presque empêché de prononcer dans le parc : « Ecoutez-moi, écoutez-moi ! » Elle ne les avait jamais oubliés, ces mots, qui résonnaient impitoyablement, ce soir-là, avec une force sans cesse accrue. Quel était leur sens véritable ? Qu'avait-il voulu lui faire comprendre ? Elle crut le deviner parfaitement — deviner que si elle avait le merveilleux courage de tout envoyer promener, il trouverait moyen de tout arranger pour elle. Lorsque l'horloge sonna cinq heures, elle était sur le point de dire à Mr. Buckton qu'elle était souffrante et se sentait de plus en plus mal. Déjà ces mots étaient sur ses lèvres, et elle se composait le pâle visage tiré qu'elle lui présenterait en disant : « Non, je ne peux pas rester, il faut que je rentre. Si je me sens mieux, un peu plus tard, je reviendrai. Je suis navrée, mais *il faut* que je m'en aille. » Mais, à cet instant précis, le capitaine Everard se dressa de nouveau devant elle. Cette présence tangible provoqua dans son esprit troublé la plus étrange, la plus rapide volte-face. Il l'avait, sans le savoir, arrêtée net, et il n'était pas dans le magasin depuis plus d'une minute qu'elle se sentit sauvée.

Sauvée, elle se sentit aussitôt sauvée. Elle était de nouveau occupée avec d'autres clients, et, cette fois encore, leur unique moyen de s'exprimer fut le silence. Et, dans ce silence, ils s'exprimèrent mieux que jamais, car les yeux de la jeune fille suppliaient : « Taisez-vous, taisez-vous ! », tout en saisissant la réponse : « Je ferai tout ce que vous me direz. Vous voyez bien, vous voyez bien : je ne vous regarde même pas ! » Et ces yeux ne cessaient de lui assurer, avec une généreuse amitié, qu'ils ne la regarderaient sous aucun prétexte. Elle le vit ensuite s'attarder à l'autre bout du comptoir et supporter la présence de Mr. Buckton comme une nouvelle épreuve, si pénible qu'il préféra se détourner avant d'avoir été servi, et se remettre à traîner, à attendre en fumant, promenant autour de lui un regard distrait. Il s'approcha ensuite du comptoir de Mr. Cocker, parut s'informer du prix des choses, fit même deux ou trois achats qu'il régla, puis, le dos tourné, il resta longtemps debout devant elle, s'abstenant soigneusement de regarder si elle était libre. Jamais il n'était resté si longtemps dans le magasin, et pourtant, quand il se retourna enfin, — alors qu'elle était aux prises avec un autre client —, elle le vit se diriger, en prenant son temps, vers le guichet à côté du sien, qui se trouvait libre. Il n'avait apporté ni lettres ni télégrammes, et maintenant qu'il était près d'elle, qui était assise à côté du caissier, elle se sentit bouleversée rien qu'à le voir regarder son collègue et se mettre à lui parler. Elle était trop nerveuse pour en supporter autant. Il demanda un guide postal ; le jeune homme lui passa un exemplaire neuf, et, sur ce, il déclara qu'il ne voulait pas l'acheter mais seulement le consulter ; dès qu'il eut en main l'exemplaire à l'usage du public, il s'éloigna de nouveau.

Que lui faisait-il sentir, que lui voulait-il ? Voilà jusqu'où menait son « Ecoutez-moi ». Elle éprouva, l'espace d'un instant, une crainte surprenante ; un avertissement bourdonna à ses oreilles : si les choses devaient en arriver à ce point de tension, il valait mieux s'enfuir sur-le-champ à Chalk Farm. A sa frayeur et à sa perplexité, se mêlait l'idée que, s'il avait besoin d'elle autant qu'il semblait le montrer, c'était peut-être afin qu'elle fît pour lui ce « n'importe quoi » qu'elle avait promis, ce « tout » qu'elle avait été si fière d'annoncer à Mr. Mudge. Peut-être avait-il besoin qu'elle l'aidât, besoin d'un secours particulier, quoique, à dire vrai, indécis et mal à l'aise, il semblât plutôt exprimer le contraire, éprouvant sans doute moins le désir d'être aidé que simplement mieux traité que la dernière fois. Oui, peut-être même estimait-il avoir plus d'aide à offrir que d'aide à demander. Mais, lorsqu'il la vit de nouveau libre, il n'en resta pas moins à l'écart, et ce fut Mr. Buckton qu'il consulta lorsqu'il rapporta son guide — ce fut à Mr. Buckton qu'il acheta pour une demi-couronne de timbres.

Après les timbres, il demanda, réflexion faite, un mandat de dix shillings. Pourquoi donc lui fallait-il tant de timbres, alors qu'il écrivait si peu de lettres ? Et comment pouvait-il inclure un mandat dans un télégramme ? Elle s'attendait à le voir s'isoler pour rédiger ses télégrammes — il en avait au moins une demi-douzaine — à seule fin de faire durer sa présence. Elle avait complètement cessé de le regarder, et pouvait seulement deviner ses gestes — deviner même l'endroit où se posait son regard. Elle le vit se précipiter là où étaient rangés les formulaires ; alors, brusquement, elle sentit qu'elle n'en pouvait plus. Le caissier venait de prendre un télégramme des mains d'une petite femme de ménage ; pour se donner une contenance, elle le lui arracha d'un geste si violent qu'il la regarda bizarrement ; elle remarqua que l'incident n'avait pas échappé non plus à Mr. Buckton. Celui-ci, lui jetant un coup d'œil rapide, parut vouloir le lui prendre à son tour, comme pour faire ce qui lui serait le plus désagréable ; d'avance, elle esquiva sa réprimande en osant le foudroyer du regard. Ce fut assez pour le pétrifier, et elle gagna la cabine du télégraphe, son trophée à la main.

21

La même scène se répéta le lendemain et les trois jours qui suivirent. Elle sut alors ce qu'il fallait penser. Quand, le premier jour, elle avait émergé de son abri provisoire, le capitaine Everard était sorti du magasin. Il n'était pas revenu cet après-midi-là, comme il aurait facilement pu le faire sans éveiller l'attention, avec la foule de clients qui allaient et venaient dans la boutique matin et soir. Le second jour, ce fut différent, et, à tout prendre, ce fut pire. Rien ne s'opposait plus à ce qu'il s'approchât : elle eut même l'impression de récolter le fruit de son attitude de la veille et du regard dont elle avait foudroyé Mr. Buckton. Mais cela n'arrangeait rien de se charger du courrier du capitaine, puisque, malgré la délicatesse de la situation, elle avait pu trouver de quoi nourrir sa nouvelle conviction. Une nuit avait suffi pour confirmer celle-ci, même si les télégrammes ne lui paraissaient plus de simples prétextes pour la voir et avaient tout l'air d'être vrais. Cette conviction tenait en peu de mots ; elle en avait eu l'intuition la veille, en se disant qu'il n'avait plus besoin de son aide, et que c'était lui, maintenant, qui allait la secourir. Il était de passage pour trois ou quatre jours, et avait dû s'absenter depuis sa dernière visite ; mais, maintenant qu'il se trouvait en face d'elle, il resterait aussi longtemps qu'elle le voudrait. Tout cela s'élucidait peu à peu, bien qu'elle eût saisi l'essentiel en un éclair, dès qu'elle l'eut revu.

Voilà pourquoi, la veille, au lieu de partir à huit heures, elle avait traîné dans la cage, achevant ou faisant semblant d'achever les dernières besognes. Etre dans la cage était devenu sa sauvegarde, et elle craignait cet autre *elle-même* qui l'attendait sans doute au-dehors. Peut-être était-ce lui qui l'attendait, lui qui était son autre *elle-même,* et dont elle avait peur. Un extraordinaire changement s'était accompli en elle, du jour où elle avait compris l'impression qu'en revenant il s'était ingénié à lui faire. Auparavant, lors de cet étrange après-midi, elle s'était imaginée en train d'aborder sans scrupules le concierge de Park Chambers, puis, grâce à sa pénétration nouvelle des choses, après être sortie du magasin, pour la première fois depuis son retour de Bournemouth elle était rentrée droit chez elle. Elle était passée devant chez lui, tous les soirs, pendant des semaines, mais, ce soir-là, rien n'aurait pu l'y décider. Ce changement était dû à sa frayeur, et à une métamorphose du capitaine que son visage avait trahi, bien qu'il fût surprenant de découvrir, dans ce qu'elle trouvait le plus beau au monde, des raisons de s'en éloigner. Il avait compris, ce soir-là, dans le parc, qu'elle ne voulait pas qu'il l'invitât à dîner, mais il avait déjà oublié cette consigne, et chacun de ses regards recelait une invitation. Voilà ce qui occupa ces trois journées au cours desquelles il passa quotidiennement deux fois au bureau de poste, comme pour lui donner l'occasion de revenir sur sa décision. Après tout, se disait-elle entre ses heures de travail, c'était la plus grande liberté qu'il se permît. A certains moments, elle reconnaissait qu'il était plein de tact ; à d'autres, elle aurait voulu, par son silence, lui exprimer une douce prière. Ainsi, lorsqu'elle quittait le bureau de poste, le soir, jamais il ne la guettait au coin de la rue, ce qu'il aurait pu faire s'il avait manqué de délicatesse. Elle voyait dans cette patience une réponse à ses supplications muettes, et la seule compensation du capitaine était la liberté inoffensive avec laquelle il semblait lui dire : « Oui, je ne suis en ville que pour trois ou quatre jours, mais, vous savez, je prolongerais *volontiers.* » Elle était frappée que, chaque jour, à chaque heure, il parût vouloir attirer son attention sur le passage rapide du temps ; il alla jusqu'à lui faire sentir qu'il ne restait plus que deux jours, et enfin — chose terrible — plus qu'un seul.

Elle eut aussi le sentiment que, dans d'autres domaines, il agissait à des fins singulières, et elle aurait dû s'émerveiller que son geste le plus visible — ou le plus mystérieux ? — ne la choquât pas davantage. Etait-ce un effet de son imagination débridée, ou du désordre provoqué en lui par sa passion frustrée ? Toujours est-il qu'une fois ou deux, elle crut le voir poser beaucoup trop d'argent sur le comptoir — des pièces d'or sans commune mesure avec les petites sommes qu'il payait d'ordinaire — comme s'il voulait qu'elle l'aidât à les lui offrir. Le plus étonnant était l'incohérence avec laquelle elle cherchait à le justifier. Il voulait la payer parce qu'elle n'avait rien fait qui se payât. Il voulait lui donner ce qu'il savait qu'elle refuserait. Il voulait lui montrer combien il la respectait, en lui donnant la chance suprême de lui montrer qu'elle était respectable. Voilà du moins ce que leurs regards se disaient, pendant qu'elle faisait les comptes les plus fastidieux. Le troisième jour, il lui tendit un télégramme qui, autant que les pièces d'une valeur excessive, révéla sa distraction, puisqu'il le lui retira des mains avant même qu'elle l'eût affranchi. Il lui avait laissé le temps de le lire, mais s'était soudain avisé qu'il valait mieux ne pas l'expédier. S'il n'était pas envoyé au domicile de Lady Bradeen à Twindle — où elle savait que se trouvait cette dame — c'était parce qu'une adresse au nom du Dr. Buzzard à Brickwood voulait dire la même chose, avec, au surplus, le mérite de ne pas révéler l'identité d'une personne qu'il devait, après tout, continuer à ménager. Tout le processus était évidemment des plus compliqués et des moins clairs. Mais il y avait tout de même une trame, qui formait un réseau de correspondances dans lequel Lady Bradeen à Twindle et le Dr. Buzzard à Brickwood n'étaient à tout prendre qu'une seule et même personne. Quoi qu'il en soit, les mots qu'il lui avait fait lire, avant de les reprendre, composaient une phrase brève et frappante : « Absolument impossible. » L'important n'était pas qu'elle la transmît, mais seulement qu'elle la vît. Ce qui était absolument impossible, c'était qu'il aille à Twindle ou à Brickwood avant d'avoir réglé certaines choses chez Cocker.

A son tour, elle ne pouvait rien décider, tant qu'elle devinait tout avec une telle intensité. Ce qu'elle devinait, c'est qu'il était, presque au péril de sa vie, pris dans un engrenage ; dès lors, comment pouvait-elle s'inquiéter du sort d'une malheureuse employée des postes comme elle-même ? Tous deux étaient parvenus à une même conviction : s'il avait pu la persuader qu'il était libre et que tout ce qu'elle avait perçu avec tant d'acuité était une page tournée, elle eût considéré d'un autre œil sa propre situation, elle eût pu le comprendre, l'approcher, l'écouter. Mais il ne pouvait l'en persuader, il ne faisait que s'agiter, s'enliser dans son impuissance. La page était loin d'être tournée, autant pour lui que pour « l'autre », qui avait pris, elle ne savait comment, un mystérieux empire ; voilà ce qu'il avouait par son attitude et son expression, tout en l'implorant de ne pas s'en aviser, ni de lui en tenir rigueur. Tant qu'elle s'en avisait, et lui en tenait rigueur, il ne pouvait que tourner en rond en s'occupant à des futilités dont il avait honte. Ainsi eut-il honte des deux mots qu'il avait envoyés au Dr. Buzzard, et il sortit du magasin aussitôt après avoir froissé le télégramme qu'il mit dans sa poche. C'était là une horrible petite preuve de sa terrible et impossible passion. Il semblait bien qu'il eût trop honte pour revenir. Il avait de nouveau quitté la ville ; une première semaine s'écoula, puis une seconde. Naturellement, il avait dû retourner auprès de la maîtresse de son destin ; celle-ci avait insisté — elle avait la manière — et il avait été forcé de la rejoindre sur-le-champ. Il arrivait toujours un moment où elle le rappelait à l'ordre. En outre, notre jeune amie apprit qu'il avait expédié des télégrammes dans d'autres bureaux de poste. Elle avait fini par en savoir tant qu'elle ne pouvait plus rien interpréter. Il n'y avait plus d'obscurités qui lui fissent voir clair — il ne restait qu'une lumière crue.

22

Dix-huit jours avaient passé, et elle commençait à croire qu'elle ne le reverrait jamais. Il avait enfin compris qu'elle avait ses secrets, ses raisons, ses empêchements, et que rien n'était simple, même pour une humble postière. Grâce au charme, sublimé par la distance, qu'elle avait jeté sur lui, il avait fini par adopter une suprême délicatesse en décidant qu'il était de son devoir de la laisser tranquille. Jamais elle n'avait mieux ressenti qu'en ces derniers jours la précarité de leur entente — que ne pouvait-elle retrouver le bonheur pur et serein des commencements ! Cette entente, qui les concernait seuls, elle, l'employée des postes, et lui, le client occasionnel, ne tenait qu'à un fil et pouvait se rompre à tout moment. Au bout de quinze jours, elle était certaine d'être à la hauteur de la situation et ne doutait plus que sa décision fût irrévocable. Elle lui accorderait encore un délai de quelques jours pour lui permettre de repartir avec elle sur de nouvelles bases, avec une bienséance impersonnelle, car une employée consciencieuse n'oublie pas qu'elle a des devoirs même envers un client difficile. Puis elle annoncerait à Mr. Mudge qu'elle était prête à le suivre dans la petite maison qu'ils avaient visitée, de la cave au grenier, pendant leurs dernières conversations à Bournemouth, et où ils s'étaient particulièrement attardés, le front soucieux, devant le réduit dont il allait falloir annoncer à sa mère qu'elle devrait se contenter.

Mr. Mudge lui avait clairement annoncé que ses moyens lui permettraient d'héberger cette parente peu reluisante, et il marqua ainsi un point essentiel. C'était là un exploit supérieur à la correction qu'il avait administrée au soldat ivre. Malgré cette proposition généreuse, elle justifiait son obstination à rester chez Cocker par ce que l'on appelle la fidélité à la parole donnée : elle avait promis — et rien ne l'avait déliée de sa promesse — de ne pas abandonner son autre ami, et elle chérissait l'idée d'être, contre vents et marées, fidèle au poste, fidèle à sa parole. Cet autre ami avait déjà fait preuve de tant de noblesse qu'il ne pouvait manquer de réapparaître à temps pour lui rendre sa liberté, et lui donner quelque chose qu'elle pût emporter avec elle. Elle le voyait, elle le recevait parfois, ce cadeau d'adieu, et, par moments, elle se sentait comme une mendiante tendant la main vers une bonne âme qui s'éloigne en faisant mine de chercher de la monnaie. Si elle avait refusé les pièces d'or, elle saurait se contenter d'un sou, et déjà elle entendait tinter la pièce sur le comptoir.

« Ne vous donnez plus de mal, dirait-il, pour un cas aussi désespéré. Vous avez fait tout votre possible.

Je vous remercie, et je vous délie, je vous libère de votre promesse. Notre vie nous réclame. Malgré tout l'intérêt que je lui porte, je ne sais pas grand-chose de la vôtre, mais je suppose que vous en avez une. La mienne, en tout cas, me réclame à grands cris. Allons, adieu ! »

Puis, une fois de plus, ces mots, qui étaient comme la fine fleur de leur histoire : « Allons, voyons, *écoutez-moi !* »

Elle complétait la scène en y faisant entrer sa propre image au moment où elle refuserait de nouveau d'*écouter*, d'entendre quoi que ce soit, où que ce fût. Mais, à cet instant précis où elle s'enfuyait avec tant d'ardeur, elle vit les choses avec plus d'intensité que jamais.

Il reparut un soir, surgissant précipitamment peu avant l'heure de la fermeture, avec un visage méconnaissable, anxieux, décomposé, qui exprimait tout sauf la lucidité. Il lui tendit machinalement un télégramme, comme si de pénibles circonstances, et l'angoisse que révélait sa hâte, lui avaient fait perdre jusqu'au souvenir du lieu où il se trouvait. Mais quand leurs regards se croisèrent, un éclair s'alluma dans ses yeux — une lueur qui prouvait qu'il l'avait reconnue. Elle se sentit dédommagée de tout, devant cet aveu du « danger » qu'elle avait décelé : les événements semblaient se précipiter. « Mais oui, ce que je redoutais est arrivé. Pour l'amour du ciel, oubliez combien je vous ai tourmentée, aidez-moi, sauvez-moi, en expédiant ce télégramme sans perdre une seconde ! » Il était arrivé quelque chose de grave, c'était évident ;

la crise avait éclaté. Elle reconnut immédiatement la personne à laquelle le télégramme était adressé, la Miss Dolman de Parade Lodge à qui, la dernière fois, Lady Bradeen avait télégraphié à Douvres, et qu'elle avait elle-même, en se souvenant des télégrammes, imaginée dans un cadre particulier. Son nom avait commencé par revenir fréquemment, mais n'avait pas reparu depuis lors ; et voici qu'on lui lançait un appel pressant : *Absolument nécessaire vous voir. Prenez dernier train Gare Victoria si possible. Sinon première heure demain. Répondez directement de toute façon.*

— Réponse payée ? demanda la jeune fille.

Mr. Buckton venait de partir et le caissier était occupé au télégraphe. Il n'y avait aucun autre client et, même dans la rue ou dans le parc, elle ne s'était jamais sentie aussi seule avec lui.

— Oui, oui, réponse payée, et aussi urgent que possible, s'il vous plaît !

Elle colla les timbres en un clin d'œil.

— Elle ne manquera pas son train, affirma-t-elle, haletante, comme si elle pouvait le lui garantir.

— Je n'en sais rien — je l'espère. C'est terriblement important. Vraiment gentil à vous... Très urgent, s'il vous plaît.

Quelle merveilleuse innocence dans son oubli de tout ce qui n'était pas le danger qu'il courait ! Ce qui avait pu se passer entre eux était complètement banni de son esprit. Mais n'avait-elle pas désiré qu'il devînt impersonnel ? Elle avait donc heureusement moins besoin de l'être elle-même. Ce fut tout juste si elle prit le temps, avant de bondir vers le télégraphe, de lui demander dans un souffle :

— Il vous est arrivé un malheur ?

— C'est horrible, horrible : il y a eu un drame !

Sur ces mots, ils se séparèrent aussitôt ; et, tandis qu'elle se précipitait avec le télégramme, en bousculant le caissier qui faillit tomber de son siège, elle entendit claquer, devant la porte du magasin, celle du cab dans lequel il s'était engouffré. Et pendant qu'il courait prendre les autres mesures que, dans son inquiétude, il jugeait nécessaires, l'appel qu'il lançait à Miss Dolman franchit l'espace.

Le lendemain, la jeune fille n'était pas là depuis cinq minutes qu'il était de nouveau devant elle, le visage encore plus défait que la veille, exactement, se dit-elle, comme un enfant apeuré qui vient se réfugier auprès de sa mère. Les autres employés étaient là, et elle estima un véritable exploit d'être si peu gênée par l'agitation de cet homme qui montrait tant de peur et d'angoisse. Jamais elle n'avait mieux senti combien, avec de la fermeté et de la hardiesse, ils pourraient triompher des situations les plus graves. Il n'avait rien à envoyer — elle était sûre qu'il avait dû télégraphier de partout — et pourtant l'affaire qui l'amenait était capitale. On ne lisait rien d'autre dans ses yeux, pas la moindre allusion ni le moindre souvenir. Il était blême d'inquiétude et on voyait qu'il n'avait pas fermé l'œil. La pitié qu'elle éprouva à son égard lui donna tous les courages, et elle entrevit, enfin, combien elle avait fait fausse route.

— Elle n'est pas venue ? demanda-t-elle d'une voix entrecoupée.

— Mais si. Elle est venue, Mais il y a eu une erreur. Nous avons besoin de retrouver un télégramme.

— Un télégramme ?

— Il a été expédié d'ici, il y a très longtemps. Il contenait quelque chose qu'il faut retrouver, quelque chose de très, très important ; je vous en prie — il nous le faut immédiatement.

Il lui parlait vraiment comme à une jeune employée inconnue de Knightsbridge ou de Paddington ; mais cela n'eut d'autre effet sur elle que de mieux lui révéler l'angoisse où il se débattait. Elle eut le sentiment aigu de tout ce qui lui échappait, les lacunes, les blancs, les réponses manquantes auxquelles elle avait dû suppléer : l'obscurité était totale maintenant, à l'exception de cette petite flamme rougeoyante dont aussitôt son esprit s'empara. L'un des complices tremblait quelque part, loin de la ville, et l'autre tremblait là, devant elle. Cette image était assez intense pour qu'elle comprît, au bout d'un instant, qu'elle saurait s'en satisfaire. Elle n'avait besoin ni de détails ni de faits, ni que le scandale fût démasqué de façon plus précise.

— De quand datait votre télégramme ? Vous dites que vous l'avez envoyé d'ici ?

Elle s'efforçait de jouer à la jeune employée de Knightsbridge.

— Oui, d'ici — il y a plusieurs semaines. Cinq ou six — ou sept... (Il s'embrouillait, s'impatientait.) Vous ne vous rappelez pas ?

— Me rappeler ?

En prononçant ce mot, elle put à peine retenir le plus étrange des sourires. Mais qu'il parût en ignorer le sens était, s'il se pouvait, plus étrange encore.

— Je veux dire : vous ne conservez pas les vieux télégrammes ?

— Si, pendant un certain temps.

— Mais combien de temps ?

Elle songea qu'il était *indispensable* de jouer le rôle de la jeune employée ; d'ailleurs, elle savait exactement ce que dirait une « jeune employée », et plus encore ce qu'elle ne dirait pas.

— Pouvez-vous me donner la date ?

— Mon Dieu, non ! Ce devait être en août, vers la fin du mois. A la même adresse que celle que je vous ai donnée hier soir.

— Ah ! fit la jeune fille, parcourue d'un frisson qu'elle n'avait encore jamais éprouvé.

Tandis qu'elle le dévisageait, il lui apparut qu'elle tenait toute l'affaire en main, qu'elle la tenait comme ce crayon que ses doigts serraient si fort qu'il était sur le point de se briser. Elle eut l'impression d'être la source du destin, et elle en éprouva une telle émotion qu'elle dut employer toutes ses forces à la refouler. C'est pourquoi elle reprit sa voix flûtée de jeune postière de Paddington :

— Vous ne pouvez rien nous donner d'un peu plus précis ?

Son « un peu plus » et son « nous » sortaient tout droit de Paddington. Mais ce n'étaient pas des fausses notes pour lui, car son tourment l'empêchait d'écouter. Ces yeux insistants où se lisaient la peur, la rage et les larmes, il les aurait montrés à n'importe quelle employée assise, toute droite, derrière son guichet.

— Je ne sais plus la date. Je sais seulement que le message est parti d'ici, à peu près à l'époque dont je vous ai parlé. Ce télégramme n'est jamais arrivé, vous comprenez. Et il faut que nous le retrouvions.

23

La beauté de ce « nous » la frappa autant qu'elle avait frappé le capitaine quand la jeune fille avait, elle aussi, employé ce pronom pluriel. Mais elle savait si bien ce qu'elle voulait à présent qu'elle s'offrit le luxe de jouer avec lui et avec son propre triomphe :

— Vous dites : « à peu près à l'époque dont je vous ai parlé ». Comme précision, c'est plutôt vague, vous ne trouvez pas ?

Il eut un air d'impuissance admirable :

— C'est précisément ce que je veux retrouver. Est-ce que vous gardez les vieux télégrammes ? Pouvez-vous les rechercher ?

Notre jeune amie — qui se figurait être restée à Paddington — réfléchit à la question.

— Il n'est jamais arrivé ?

— Mais si — et pourtant, comment vous dire, non !

Il s'interrompit un instant, puis se décida :

— Je veux dire que ce télégramme a été intercepté, vous comprenez ? Et il contenait quelque chose.

Il s'arrêta de nouveau, et comme pour se concilier et convaincre celle dont dépendait le succès de ses démarches, il alla jusqu'à grimacer un sourire dont l'effort était affreux à voir : elle en fut toute bouleversée. Combien ne devait-il pas souffrir, quelles ne devaient pas être son angoisse et sa fièvre, si elles s'exprimaient par ces paroles haletantes ?

— Nous voulons savoir ce qu'il contenait, savoir ce que c'était.

— Je comprends, je comprends. (Elle réussit à prendre l'accent qu'avaient les employées de Paddington quand elles regardaient leurs clients avec des yeux de poisson mort.) Et vous n'avez rien pour nous mettre sur la voie ?

— Rien d'autre ; seulement ce que je vous ai dit.

— A la fin du mois d'août ?

Si elle continuait ce jeu longtemps, elle finirait par le mettre hors de lui.

— Oui, et l'adresse, comme je vous l'ai dit.

— Ah ! la même que celle d'hier soir ?

Elle vit qu'un frisson d'espoir l'avait parcouru, mais cela ne fit que la rendre plus lente et plus apathique. Elle se mit à ranger quelques papiers.

— Vous ne voulez pas regarder ? reprit-il.

— Je me rappelle quand vous êtes venu, répondit-elle.

Il cligna des yeux, pris d'une gêne soudaine ; peut-être, à la voir si changée, commençait-il à s'apercevoir qu'il avait changé lui-même.

— Vous étiez plus rapide, vous savez !

— Vous aussi, reconnaissez-le, répondit-elle avec un sourire. Mais voyons, s'agissait-il de Douvres ?

— Oui. Miss Dolman...

— Parade Lodge, Parade Terrace ?

— Exactement. Comme je vous remercie ! (Il se remit à espérer.) Alors vous en avez un double ?

Elle hésita de nouveau : elle le faisait danser comme un pantin.

— C'est une dame qui l'a apporté ?

— Oui. Elle s'est trompée, elle a mis quelque chose qu'il ne fallait pas. Il faut que nous le retrouvions.

Ciel, qu'était-il sur le point de lui confier ? Quelles trahisons allait-il révéler à tout Paddington ? Elle ne pouvait s'empêcher, pour son amusement, de continuer à le faire danser, et elle ne pouvait pas non plus, par égard pour sa dignité, l'avertir, le mettre en garde ou le faire taire. Elle choisit de louvoyer :

— Il a été intercepté ?

— Il est tombé dans de mauvaises mains. Mais il contient quelque chose, poursuivit-il précipitamment, qui convient peut-être très bien. Du moins, s'il a été mal transcrit, vous comprenez ? Tout ira bien s'il a été mal transcrit.

Telle fut son admirable explication.

Que diable allait-il dévoiler ? Mr. Buckton et le caissier prêtaient déjà l'oreille ; personne n'avait la bonne idée d'entrer dans le magasin, et elle était déchirée entre sa curiosité et la crainte qu'elle éprouvait pour lui. Mais elle voyait déjà avec quel brio, pour gagner la partie, elle ajouterait quelques renseignements faux à tous les vrais :

— Je vois, dit-elle avec une promptitude bienveillante et presque protectrice. La dame a oublié ce qu'elle a mis.

— Oui, exactement. Cela nous plonge dans un grand embarras. Nous venons de découvrir que ce télégramme n'est pas parvenu à destination ; de sorte que si nous pouvions l'avoir immédiatement...

— Immédiatement ?

— Chaque minute compte. Je suis sûr (il l'implorait) que vous classez les télégrammes ?

— Pour que vous puissiez voir le vôtre tout de suite ?

— Oui, je vous en prie — immédiatement.

Le comptoir résonnait sous les coups du pommeau de sa canne et sous ses doigts qui tambourinaient frénétiquement.

— Cherchez-le donc, cherchez-le ! répéta-t-il.

— Je crois que nous pourrons vous le retrouver, répondit-elle avec suavité.

— Le retrouver ? (Il eut l'air affolé.) Quand ?

— Peut-être demain.

— Alors, il n'est pas ici ?

Son visage était pathétique. Elle ne saisissait que quelques lueurs de vérité à travers les ténèbres, et se demanda quelle complication, même parmi les pires qu'elle pût imaginer, était assez grave pour lui inspirer une telle panique. Il était pris dans un étau, et à certains endroits qu'elle ne pouvait soupçonner, l'écrou le blessait jusqu'au sang. Et elle se félicitait de n'avoir pas envie de les découvrir.

— Ce télégramme n'est plus chez nous.

— Comment pouvez-vous le savoir, si vous ne regardez pas ?

Elle lui décocha un sourire qui, grâce à l'ironie supérieure de son à-propos, se voulait irrésistible :

— Il était daté du 23 août, et nous n'avons rien d'avant le 27.

Le visage du capitaine s'éclaira brusquement.

— Le 27, le 23 ? Vous êtes sûre ? Alors vous savez ?

Elle ne savait pas quoi au juste — mais il lui semblait qu'elle allait être impliquée dans quelque sinistre scandale. C'était une réaction bizarre, car il était fréquent que l'on parlât de scandales chez Cocker et elle aurait donc dû être aguerrie. D'autant plus que cette affaire, qu'elle avait vraiment vécue, était maintenant de l'histoire ancienne. Mais si elle avait pu paraître vague et lointaine, elle prenait tout à coup une réalité qui, douloureusement, l'atteignait. Un scandale — ce mot n'avait jamais été qu'une expression vide de sens. Mais à présent, il était devenu une surface tangible qui se confondait mystérieusement avec le beau visage du capitaine Everard. Une image prit forme pour elle, la vision d'une grande salle semblable à une cour de justice, où, devant une foule assoiffée, une pauvre jeune fille, exposée aux yeux de tous, mais d'un courage héroïque, jurait d'une voix tremblante l'authenticité d'un document, fournissait un alibi, apportait le maillon manquant de la chaîne. Dans ce tableau, elle occupait bravement la place de l'héroïne.

— C'était le 23.

— Alors, vous ne pouvez pas vous procurer ce télégramme ce matin ? Ou dans la journée ?

Elle réfléchit, le tenant toujours à la merci de son regard, puis se tourna vers ses deux collègues, dont la curiosité était maintenant à son comble. S'en souciant comme d'une guigne, elle chercha des yeux un morceau de papier. Elle put mesurer l'économie de l'administration, car elle ne trouva rien d'autre qu'une feuille de buvard constellée de taches d'encre.

— Avez-vous une carte ? demanda-t-elle à son client.

Il était bien loin de Paddington à présent. En un instant, il sortit une carte de son portefeuille, qu'elle se contenta de retourner sans regarder le nom qui s'y trouvait inscrit. Elle sentit qu'il était plus que jamais en son pouvoir, et que l'autorité qu'elle avait prise sur ses collègues n'était pas moindre.

Elle écrivit quelque chose au dos de la carte et la lui glissa. Il la lut attentivement :

— Sept, neuf, quatre...

— Neuf, six, un, compléta-t-elle ; et avec un sourire : C'est bien cela ?

Il entendit ces mots en un éclair brûlant ; le soulagement le plus intense se peignit alors sur son visage, trahissant les tortures qu'il avait endurées. Comme un grand phare, il éblouit toute l'assistance d'un regard radieux, dont la sympathie enveloppa jusqu'aux jeunes gens qui clignaient des yeux.

— Bonté divine ! C'est mal transcrit !

Et, sans un regard de plus, sans un mot de gratitude, sans prendre le temps de rien ni de saluer quiconque, il tourna le dos aux trois employés, redressa sa silhouette massive et ses épaules triomphantes, et s'éloigna à grands pas.

Elle se retrouva en face de ses juges habituels.

— Si c'est mal transcrit, tout va bien ! leur lança-t-elle, en citant de façon saugrenue la phrase du capitaine.

Le caissier en resta bouche bée.

— Mais comment le saviez-vous, ma chère ?

— Je m'en suis souvenue, mon cher !

Mr. Buckton, en revanche, ne mâcha pas ses mots :

— A quoi jouez-vous, mademoiselle ?

Aucun bonheur passé n'approchait, même de loin, celui qu'elle éprouvait, et quelques minutes s'écoulèrent avant qu'elle se reprît et lui répondît que cela ne le regardait en rien.

24

Si la vie quotidienne chez Cocker avait quelque peu perdu de sa saveur pendant la sinistre morte-saison du mois d'août, la jeune fille n'avait pas été longue à découvrir qu'un mal plus pernicieux encore s'était attaqué à l'élégant commerce de Mrs. Jordan. Avec le départ de Lord Rye, de Lady Ventnor et de Mrs. Bubb, une fois tous les stores baissés dans les luxueuses demeures, l'habile fleuriste eut le sentiment de rester toute seule avec son goût enchanteur. Elle fit pourtant bonne contenance, ce qui commença par lui valoir l'estime de sa jeune amie. Peut-être même se rencontrèrent-elles d'autant plus souvent que le vin de la vie ne coulait plus pour elles avec autant de libéralité ; faute de diversions meilleures, chacune cherchait à mystifier l'autre, jouant avec elle au chat et à la souris : chacune attendait que sa rivale se découvrît, tout en dissimulant avec soin ses propres limites. Mrs. Jordan était assurément la duelliste la plus téméraire des deux : rien ne pouvait surpasser l'incohérence de ses propos, sinon ses brusques velléités d'épanchement. Le récit de ses affaires était aussi changeant qu'une flamme dans le vent : on eût dit tantôt un magnifique feu de joie, tantôt une poignée de cendres. Notre jeune amie, elle, estimait que ces variations dépendaient du degré d'ouverture de la porte du grand monde ; elle avait été frappée, dans un de ses livres à un sou, par la traduction d'un proverbe français, selon lequel il faut qu'une porte soit ouverte ou fermée, et elle avait l'impression que, dans la précaire existence de Mrs. Jordan, la porte du grand monde n'obéissait guère au proverbe. A certains moments, on avait dû l'ouvrir aux deux battants pour l'accueillir, alors qu'à d'autres, d'une manière déconcertante, on la lui avait presque claquée au nez. Toutefois, elle n'avait jamais perdu courage, et tous ces contretemps ne l'empêchaient nullement de faire bonne figure. Elle allait jusqu'à insinuer qu'elle gagnait assez pour surnager au plus fort de la tempête — et elle ne manquait jamais de donner à tout des explications subtiles.

Si elle pouvait dominer l'adversité, c'est qu'un certain nombre de beaux messieurs étaient restés en ville, que ces messieurs étaient ses plus fervents admirateurs, ceux de la Cité surtout, dont elle savait à quel point les passions et la vanité étaient stimulées par les objets charmants dont elle faisait commerce. Bref, les hommes d'affaires de la Cité étaient de grands amateurs de fleurs. Il y avait un certain type d'agents de change suprêmement élégants (Lord Rye les traitait de juifs et de métèques, mais elle s'en moquait bien) dont on devait presque — elle l'avait dit mille fois — restreindre les folles prodigalités, si l'on avait la moindre conscience. Peut-être agissaient-ils moins par pur amour de la beauté que par vanité ou désir de paraître ; ils voulaient écraser leurs rivaux, et c'était une de leurs armes. Mrs. Jordan était d'une suprême sagacité : elle connaissait bien tous ses clients, et il y en avait de toutes sortes; même pendant la morte-saison, elle devait courir d'un appartement à l'autre. Et puis, après tout, il y avait aussi les dames et, dans ce milieu d'agents de change, elles se déplaçaient sans cesse. Elles n'étaient peut-être pas tout à fait du monde de Mrs. Bubb ou de Lady Ventnor, mais la différence était imperceptible, sauf si l'on se querellait avec elles, car alors on s'en apercevait à leur façon de se réconcilier plus vite. C'était au sujet de ces dames que Mrs. Jordan variait le plus dans ses jugements, si bien que sa confidente ne regrettait plus d'avoir manqué l'occasion de travailler avec elle. Les robes d'intérieur que décrivait Mrs. Jordan existaient bien, mais des robes d'intérieur ne sont pas forcément le sommet de la respectabilité, et il était curieux qu'une veuve de pasteur parût le croire. Elle en revenait toujours, il est vrai, à Lord Rye : elle ne le perdait jamais tout à fait de vue, même pendant ses plus longues absences. Qu'il fût la bonté même, tout le disait — et c'est ce que disaient aussi les lueurs étranges qui passaient dans les yeux myopes de la pauvre femme, lorsqu'elle lançait à sa jeune amie des regards solennels qui laissaient présager une nouvelle extraordinaire. De semaine en semaine, cette nouvelle se faisait attendre, mais Mrs. Jordan tenait bon et se raccrochait aux moindres détails :

— Ils ont un pouvoir fabuleux dans *tous* les domaines ! disait-elle avec emphase.

Elle voulait parler de l'aristocratie, et la jeune fille se demandait pourquoi, s'ils possédaient un tel pouvoir dans un domaine, ils devaient fatalement l'avoir dans les autres. Pourtant, elle savait bien à quels domaines Mrs. Jordan faisait allusion : tout cela voulait dire que le destin de celle-ci approchait de son dénouement. Si ce destin devait la mener à l'autel, il ne fallait pas s'étonner qu'elle ne pût se résoudre à accabler une simple télégraphiste. Une telle nouvelle aurait inévitablement amené notre jeune amie à une vision des choses faite d'effacement et de regrets. Lord Rye — s'il s'agissait bien de Lord Rye — ne se serait pas montré aussi « charmant » avec un être inexistant comme elle, même si cela avait été le fait de gens qui le valaient bien.

Un dimanche après-midi de novembre, elles allèrent ensemble à l'église ; après quoi, cédant à l'inspiration du moment sans que rien n'eût été prévu, elles se dirigèrent vers le logis de Mrs. Jordan, dans le quartier de Maida Vale. Celle-ci lui avait décrit avec enthousiasme le culte qu'elle préférait : elle avait une prédilection pour la « Haute »[1], et avait plus d'une

1. L'Eglise anglicane se partage en deux tendances : la « Haute », qui tend à se rapprocher du rite catholique romain, et la « Basse » qui reste voisine du rite des autres Eglises protestantes. (N. d. T.)

fois voulu initier la jeune fille aux consolations et aux privilèges qui s'y attachaient.

Le brouillard était épais et sombre, Maida Vale avait un goût âcre de fumée, mais elles étaient restées assises parmi les cantiques, l'encens et les sons d'une musique merveilleuse, et, pendant tout ce temps, la jeune fille, bien qu'elle fût impressionnée, s'était livrée à des réflexions qui n'avaient qu'un rapport indirect avec le lieu. L'une d'elles lui était inspirée par ce que Mrs. Jordan lui avait annoncé en chemin, d'un ton plein de sous-entendus : la présence de Lord Rye en ville depuis un certain temps. Elle lui avait annoncé cette nouvelle comme si elle se passait de tout commentaire et que la portée en fût évidente. Ce fut peut-être la curiosité de savoir si Lord Rye épouserait Mrs. Jordan qui amena la jeune fille, dont les pensées étaient toutes tournées vers le mariage, à prendre la décision qu'une cérémonie semblable serait bientôt célébrée à Saint Julian. Mr. Mudge était toujours fidèle à sa chapelle « wesleyenne », mais c'était le cadet des soucis de sa fiancée — qui n'avait même pas jugé utile d'en informer Mrs. Jordan. Elle avait depuis longtemps décidé que l'une des choses — rares mais essentielles — que Mr. Mudge tiendrait d'elle, était la religion à laquelle il appartiendrait : c'était seulement aujourd'hui qu'elle avait découvert laquelle elle allait choisir, dont la principale vertu était d'être celle que pratiquaient Mrs. Jordan et Lord Rye. Voilà à peu près ce qu'elle déclara à la maîtresse de maison, lorsqu'elles furent assises ensemble, quelques instants plus tard. Un brouillard épais avait pénétré dans le petit salon et empêchait de se demander s'il y avait là autre chose que les tasses, la théière d'étain, les bûches presque noires et la lampe à pétrole dépourvue d'abat-jour. Il n'y avait pas la moindre trace de fleurs ; ce n'était pas pour elle-même que Mrs. Jordan disposait les bouquets. La jeune fille attendit d'avoir pris une tasse de thé, sûre que son amie allait enfin pouvoir lui annoncer la nouvelle officielle ; elle attendit, mais rien ne vint, sauf un petit coup de tisonnier donné au feu, comme on s'éclaircit la voix avant de parler.

25

— Je crois que je vous ai déjà parlé de Mr. Drake ?

Mrs. Jordan n'avait jamais eu l'air aussi étrange, et son sourire n'avait jamais autant ressemblé à une aimable morsure.

— Mr. Drake ? Mais bien sûr ! N'est-ce pas un ami de Lord Rye ?

— Un grand ami, en qui Lord Rye a toute confiance. Je dirais presque un ami aimé.

Le « presque » de Mrs. Jordan sonnait si bizarrement que sa compagne fut tentée, non sans une légère insolence, de le relever.

— N'est-il pas naturel d'aimer ses amis, quand on a « confiance » en eux ?

Cette question arrêta momentanément le panégyrique de Mr. Drake :

— Voyons, ma chère, je vous aime...

— Mais vous n'avez pas confiance en moi ? demanda impitoyablement la jeune fille.

Mrs. Jordan se tut et reprit son air étrange.

— Si, répondit-elle avec une certaine gravité, et je vais vous en donner une preuve admirable.

A cette perspective, son interlocutrice se maîtrisa, et, cessant de parler, écouta docilement.

— Pendant plusieurs années, Mr. Drake a rendu à Lord Rye des services que ce dernier a hautement appréciés. Il est d'autant plus... euh... surprenant qu'ils soient obligés, peut-être un peu brusquement, de se séparer.

— De se séparer ?

Notre jeune amie était déroutée, mais s'efforça de paraître intéressée, bien qu'elle eût déjà deviné qu'elle avait misé sur le mauvais cheval. Elle avait entendu parler de Mr. Drake, celui des amis de Lord Rye avec lequel Mrs. Jordan était apparemment le plus liée. Mais elle était légèrement intriguée par ce mot de « séparation ».

— En tout cas, dit-elle en souriant, s'ils se séparent bons amis...

— Oh, Lord Rye prend le plus grand intérêt à l'avenir de Mr. Drake. Il fera n'importe quoi pour lui ; à vrai dire, il a déjà fait beaucoup. Il doit y avoir du changement, vous savez !

— Personne ne le sait mieux que moi, dit la jeune fille, qui voulait faire parler son amie. Dieu sait à quel point ma vie va changer...

— Vous allez quitter Cocker ?

Celle qui était la perle de cet établissement attendit un instant avant de répondre, puis trouva un biais :

— Et *vous*, qu'allez-vous faire ?

— Je me demande ce que vous allez en dire.

— Que la porte s'est enfin ouverte pour vous, comme vous n'en aviez jamais douté.

Mrs. Jordan réfléchit d'un air gêné.

— Je n'en ai jamais douté, non... et pourtant si, j'en doutais sans cesse.

— Eh bien, j'espère que vous en êtes sûre à présent. Je veux dire : sûre de Mr. Drake ?

— Oui, ma chère, je crois pouvoir dire que je le suis. Je l'ai mis à l'épreuve jusqu'à ce que je le sois.

— Alors, il est à vous ?

— Il est à moi.

— C'est merveilleux ! Et il est follement riche ? poursuivit notre jeune amie.

Mrs. Jordan laissa voir aussitôt que son amour se plaçait sur un plan plus élevé :

— Follement beau... Un mètre quatre-vingt-cinq. Et il a des économies.

— Tout à fait comme Mr. Mudge alors ! s'écria, non sans désespoir, la fiancée de ce dernier.

— Oh ! non, pas *tout à fait !*

La future Mrs. Drake parut embarrassée, mais de toute évidence l'allusion à Mr. Mudge avait agi sur elle comme la piqûre d'un aiguillon :

— En tout cas, il aura plus d'occasions maintenant. Il va chez Lady Bradeen.

— Chez Lady Bradeen ? (Elle resta sans voix.) Il va... ?

La jeune fille sentit, à la façon dont Mrs. Jordan la regarda, que ce nom avait suffi à la faire sortir de ses retranchements.

— Vous la connaissez ?

Elle hésita un instant avant de reprendre ses esprits :

— Ma foi, si vous avez des clients du grand monde, je vous l'ai souvent dit : j'en ai aussi.

— Oui, répondit Mrs. Jordan, mais la différence est que vous détestez les vôtres, tandis que j'aime vraiment les miens. Et vous connaissez Lady Bradeen ? insista-t-elle.

— Je pense bien ! Elle vient tout le temps.

Les yeux écarquillés de Mrs. Jordan trahirent de l'émerveillement, et même de l'envie. Mais elle se domina et demanda avec une certaine gaieté :

— Et *elle*, vous la haïssez ?

— Mon Dieu, non ! répliquâ promptement son invitée. Infiniment moins que d'autres. Elle est scandaleusement belle.

Mrs. Jordan était fascinée :

— Scandaleusement ?

— Oui, elle est merveilleuse.

La merveille, c'était l'ignorance où était Mrs. Jordan.

— Vous ne la connaissez pas ? Vous ne l'avez jamais vue ? poursuivit la jeune fille d'un ton désinvolte.

— Non, mais j'ai beaucoup entendu parler d'elle.

— Moi aussi ! s'écria notre jeune amie.

Mrs. Jordan la dévisagea comme si elle mettait sa bonne foi en doute, ou tout au moins son sérieux :

— Vous connaissez l'un de ses amis ?

— Un ami de Lady Bradeen ? Mais oui, j'en connais un.

— Un seul ?

La jeune fille éclata de rire :

— Un seul, mais il est intime !

Mrs. Jordan hésita un peu.

— C'est un homme du monde ?

— Mais oui, ce n'est pas une dame !...

Mrs. Jordan parut toute songeuse :

— Elle est tellement entourée...

— Elle le *sera*, avec Mr. Drake !

Le regard de Mrs. Jordan se figea.

— Elle est vraiment si belle ?

— La plus belle femme que j'aie jamais vue.

Mrs. Jordan poursuivit sa rêverie :

— Moi aussi, je connais de belles femmes.

Puis elle reprit, avec son étrange brusquerie :

— Vous trouvez qu'elle a vraiment l'air d'une femme *bien* ?

— Parce que ce n'est pas toujours le cas des femmes qui sont belles ? acheva l'autre. Non, c'est vrai ! C'est une des choses que j'ai apprises chez Cocker. Pourtant, certaines ont tout à la fois. Lady Bradeen, du moins, est comblée : elle a un nez, une bouche, un teint, une silhouette !...

— Une silhouette ? interrompit Mrs. Jordan.

— Une silhouette, des cheveux !

Et la jeune fille secoua sa chevelure. Sa compagne regarda ce merveilleux spectacle.

— Mr. Drake en est-il un autre ? reprit la jeune fille.

Les pensées de Mrs. Jordan revinrent de loin :

— Un autre ?

— Des admirateurs de Lady Bradeen. Vous me dites qu'il « va » chez elle ?

Mrs. Jordan balbutia :

— Elle l'a engagé.

— Engagé ?

Notre jeune amie n'y comprenait plus rien.

— Tout comme Lord Rye.

— Lord Rye aussi est engagé ?

26

Mrs. Jordan détourna les yeux, apparemment blessée, presque en colère, comme si l'on s'était moqué d'elle. Le nom de Lady Bradeen avait paralysé un instant notre héroïne, mais, devant l'irritation et la méfiance affichées par son ancienne amie, ses pensées se remirent à tourbillonner autour d'elle en une ronde effrénée, jusqu'à ce que l'une d'elles rompît le cercle et fondît sur elle en la frappant de son bec acéré. Elle comprit d'un seul coup, en un éclair, que Mr. Drake... était-ce possible ? Cette idée lui donna envie de rire, de s'abandonner à une gaieté folle et perverse. Elle eut une vision rapide de Mr. Drake : une silhouette dressée comme celles qu'elle voyait dans l'entrebâillement des portes du quartier de Cocker, la silhouette d'un homme majestueux, entre deux âges, se tenant très droit, flanqué de chaque côté d'un valet de pied, et à qui les visiteurs donnaient leur nom. Mr. Drake était donc littéralement quelqu'un qui ouvrait les portes ! A peine cette vision se fut-elle effacée qu'une autre la remplaça. Elle comprit que le désarroi qu'elle avait trahi tout à l'heure avait permis à Mrs. Jordan de trouver quelque chose qui lui permettait d'esquiver toute critique :

— Lady Bradeen réorganise sa maison ; elle va bientôt se marier.

— Se marier ?

La jeune fille répéta ces mots comme un faible écho. Enfin, elle allait savoir.

— Vous ne le saviez pas ?

Elle rassembla toutes ses forces :

— Non, elle ne me l'a pas dit.

— Et ses amis non plus ?

— Je n'en ai vu aucun dernièrement. Je n'ai pas autant de chance que *vous*.

Mrs. Jordan passa à l'attaque :

— Alors, vous ignorez la mort de Lord Bradeen ?

Suffoquée, sa compagne hocha la tête.

— Vous l'avez apprise par Mr. Drake ?

Il valait sûrement mieux ne rien savoir du tout que d'apprendre les choses par le maître d'hôtel.

— Elle lui raconte tout.

— Et lui, il vous le raconte ; je comprends.

Notre jeune amie se leva, ramassa son manchon et ses gants, et sourit :

— Eh bien, malheureusement, je n'ai pas de Mr. Drake. Je vous félicite de tout mon cœur. Malgré tout, même si je ne suis pas aidée comme vous, je glane des petits renseignements, ici et là. Je présume que si elle doit se marier, ce ne peut être qu'avec mon ami.

Mrs. Jordan s'était également levée :

— Le capitaine Everard est votre ami ?

La jeune fille réfléchit, tout en mettant un gant :

— Je l'ai beaucoup vu, à une certaine époque.

Mrs. Jordan regarda fixement le gant ; elle n'avait pas attendu ce moment pour déplorer qu'il ne fût pas plus propre.

— A quelle époque était-ce ?

— Probablement celle où vous voyiez tant Mr. Drake.

Notre jeune amie avait maintenant tout à fait compris : le personnage si distingué que Mrs. Jordan devait épouser était celui qui répondrait aux coups de sonnette, surveillerait le feu, ferait les chaussures de cet autre personnage distingué auquel *elle* pouvait — enfin, auquel elle aurait pu, si elle avait voulu — dire tant de choses.

— Adieu, ajouta-t-elle. Adieu.

Mrs. Jordan reprit le manchon de son amie, le retourna, le tapota, l'examina d'un air pensif :

— Dites-moi une chose, avant de partir. Vous venez de m'annoncer des changements dans votre vie : est-ce que Mr. Mudge... ?

— Mr. Mudge a été très patient avec moi — il a fini par me mener à bon port. Nous devons nous marier le mois prochain et nous installer dans une jolie petite maison. Mais ce n'est qu'un épicier, vous savez (la jeune fille rencontra le regard scrutateur de son amie), et j'ai peur, maintenant que vous avez pénétré dans le grand monde, que vous ne teniez plus à notre amitié.

Pour toute réponse, Mrs. Jordan se contenta de

porter le manchon contre sa joue, avant de le lui rendre :

— Cela ne vous plaît pas. Je comprends, je comprends.

Son amie fut surprise de remarquer qu'elle avait les larmes aux yeux :

— Qu'est-ce qui ne me plaît pas ? demanda-t-elle.

— Mon mariage. Seulement, comme vous êtes très fine, bredouilla la pauvre femme, vous arrangez les choses à votre manière. Je veux dire que vous allez prendre vos distances, et que vous les prenez déjà !

Et ses larmes se mirent à couler. Elle succomba au chagrin et retomba sur le canapé, le visage dans les mains, s'efforçant d'étouffer ses sanglots.

La jeune fille resta debout, dans une attitude guindée, profondément surprise, mais refusant encore de se laisser fléchir et de céder à la pitié :

— Je n'arrange rien « à ma manière », et je suis heureuse que vous ayez trouvé quelqu'un qui vous convienne. Mais, vous comprenez, vous m'avez fait miroiter tant de choses — oui, même pour moi, si je vous avais crue...

Mrs. Jordan continua de gémir doucement, puis séchant ses larmes, elle accepta avec la même douceur cette allusion au passé :

— C'est grâce à cela que je ne suis pas morte de faim ! dit-elle, d'une voix entrecoupée.

A ces mots, la jeune fille s'assit sur le canapé à côté d'elle, comprenant brusquement cette misère absurde et dérisoire. Elle prit la main de son amie en signe de sympathie, accompagnant ce geste d'un baiser consolateur. Elles restèrent là, assises l'une à côté de l'autre, la main dans la main, contemplant, à travers la petite pièce obscure et pauvrement meublée, les sorts parallèles auxquels elles avaient fini par se résigner. Ni l'une ni l'autre ne cherchèrent à élucider la position occupée par Mr. Drake dans le grand monde, mais la défaillance momentanée de sa future épouse l'éclairait d'un jour suffisant, et notre héroïne y vit le reflet de ses propres rêves, de ses désillusions, et de son retour implacable au réel. Le réel, pour deux malheureuses comme elles, ne pouvait être que laid et opaque ; il ne serait jamais l'évasion, le salut. Elle eut la discrétion de ne plus poser de questions personnelles à son amie, et s'abstint de provoquer toute confidence, toute révélation, se contentant de l'entourer, de la réconforter, d'accepter, au prix d'une douloureuse patience, la similitude de leur destin. Elle avait conscience de sa magnanimité, car si, dans son désir de consoler et de rassurer son amie, elle jugeait bon de dissimuler ses réticences, elle était loin de s'imaginer assise à la table de Mr. Drake. Il est vrai qu'il n'était pas bien placé pour vous faire asseoir à *sa* table. Le fait que l'existence de son amie se bornât bientôt à l'horizon de Mayfair, projeta pour la première fois sur Chalk Farm une lumière éblouissante. Jusqu'où va notre orgueil, notre amour-propos, quand pour juger de sa chance on choisit la comparaison propice ? Sur le point de prendre congé, elle se sentit à la fois modeste, prudente et pleine de gratitude.

— Nous aurons notre maison à nous, dit-elle, et

il faudra que vous y veniez bientôt pour que je vous la fasse visiter.

— Nous aussi, nous aurons la nôtre, répondit Mrs. Jordan, car, vous savez, il a posé comme condition de passer la nuit chez lui.

— Comme condition ?

La jeune fille ne comprenait pas bien.

— A sa nouvelle situation. C'est à cause de cela qu'il s'est séparé de Lord Rye. Lord Rye ne pouvait pas l'admettre ; alors Mr. Drake lui a donné son congé.

— Tout cela à cause de vous ?

La jeune fille prenait la chose avec le plus d'insouciance possible.

— A cause de moi et de Lady Bradeen. Elle est trop heureuse de l'obtenir à n'importe quel prix. Lord Rye, par intérêt pour nous, lui a presque forcé la main pour qu'elle l'engage. Ainsi, comme je vous l'ai dit, il aura son chez-lui.

Enthousiasmée à cette perspective, Mrs. Jordan avait retrouvé toute son animation ; pourtant, il y eut entre les deux amies, au moment de se quitter, un court silence pendant lequel aucune des deux ne formula l'espoir d'une nouvelle rencontre. Ce silence disait clairement que, malgré leur résignation, leur sympathie mutuelle, elles ne pourraient désormais plus se voir que séparées par le gouffre social. Elles restaient assises l'une à côté de l'autre d'un air gêné, comme si elles se trouvaient ensemble pour la dernière fois. Elles savaient pertinemment qu'elles avaient encore une ultime question à affronter, mais avant qu'elle se précisât, notre jeune amie avait deviné toute la vérité, et elle en éprouva une certaine irritation. La vérité n'était peut-être pas ce qui importait le plus, car, après son effort momentané, son embarras, ses larmes, Mrs. Jordan avait aussitôt repris, sans même avoir besoin de dire un mot, les accents d'une conversation mondaine. Elle ne voulait pas démordre du fait qu'elle se mariait dans le grand monde. Allons, c'était là une compensation plutôt inoffensive, et la future épouse de Mr. Mudge pouvait bien la lui laisser.

27

Notre jeune amie finit par se lever, mais s'attarda encore un peu avant de partir :

— Et le capitaine Everard n'a pas eu son mot à dire ?

— A quel sujet, ma chère ?

— Mais pour tout ce qui concerne l'organisation de la maison ?

— De quel droit, puisque rien n'est à lui ?

— Rien n'est à lui ?

La jeune fille ouvrit de grands yeux, n'ignorant pas qu'elle concédait, pour ainsi dire, à Mrs. Jordan la supériorité d'en savoir plus long qu'elle. Mais il y avait des choses qu'elle tenait à apprendre, et, bien que cela lui en coûtât, elle était prête à les payer d'une humiliation :

— Pourquoi rien n'est-il à lui ?

— Ne savez-vous pas, ma chère, qu'il n'a rien ?

— Rien ?

Il était difficile de le voir sous ce jour, mais que

Mrs. Jordan fût si certaine de ce qu'elle disait lui donnait l'avantage.

— Il n'est pas riche ?

Mrs. Jordan avait l'air de tout savoir jusque dans les détails les plus infimes :

— Cela dépend de ce que vous appelez riche ! En tout cas, pas autant qu'elle. Qu'est-ce qu'il apporte ? Songez à tout ce qu'elle a. Et puis, ma chère, il a des dettes.

— Des dettes ?

L'innocence que révélait la jeune fille était touchante. Elle essaya de faire bonne figure, mais dut y renoncer ; si elle avait osé être franche, elle aurait dit : « Racontez-moi tout, je vous en prie, je suis loin d'en savoir *autant* ! » Mais, comme elle n'osait pas être franche, elle dit seulement :

— Peu importent ses dettes, puisqu'elle l'adore !

Mrs. Jordan la dévisagea de nouveau, et elle comprit qu'elle devrait boire la coupe jusqu'à la lie. Voilà à quoi tout avait abouti : il s'était assis à côté d'elle sur un banc, sous les arbres, dans la pénombre du crépuscule d'été, il avait placé sa main sur la sienne, il lui avait fait comprendre ce qu'il aurait dit si elle le lui avait permis, puis il était revenu plusieurs fois vers elle, les yeux implorants, le cœur battant ; elle, dure et cassante, n'avait pu l'aider que par miracle, et, à cause de sa condition de recluse, n'avait pu lui répondre qu'à travers les barreaux de sa cage, l'implorant à son tour. Le résultat est qu'elle l'avait perdu à jamais, et ne pourrait entendre parler de lui que par Mrs. Jordan, qui avait de ses nouvelles par l'intermédiaire de Mr. Drake, qui lui-même n'était en relation avec le capitaine qu'à travers Lady Bradeen.

— Elle l'adore, mais, évidemment, il n'y a pas que cela...

Un instant, la jeune fille soutint le regard de Mrs. Jordan, puis elle se soumit.

— Qu'y a-t-il d'autre ?

— Comment, vous ne savez pas ?

Mrs. Jordan était presque compatissante.

Son interlocutrice avait sondé de grandes profondeurs dans sa cage, mais il y avait là quelque chose qui faisait pressentir un abîme sans fond.

— Bien sûr, je savais qu'elle ne voulait jamais le laisser seul.

— Vous pensez ! Comment l'aurait-elle pu, alors qu'il l'avait tellement compromise ?

La jeune fille laissa échapper le cri le plus sincère qu'elle eût jamais poussé.

— Vraiment, il l'avait tellement... ?

— Comment, vous ne savez pas le scandale ?

Notre héroïne fit un effort de mémoire. Au fait, il y avait quelque chose, mais elle avait oublié quoi, qu'elle savait bien mieux que Mrs. Jordan. Elle le revit tel qu'elle l'avait vu ce matin-là, quand il était venu chercher son télégramme, elle le revit lorsqu'il était sorti du magasin. Et elle se rassasia quelques instants de cette vision.

— Oh, il n'y a rien eu de public.

— Non, rien de vraiment public. Mais ils ont eu très peur. Il y a eu une scène épouvantable. On a failli tout découvrir. Quelque chose a été perdu, et quelque chose a été retrouvé.

— Ah ! oui, reprit la jeune fille, souriant comme si un souvenir voilé reprenait forme. Quelque chose a été retrouvé.

— Cela commençait à se savoir. Et il y eut un moment où Lord Bradeen se devait d'agir...

— Se devait d'agir... mais il n'en a rien fait.

Mrs. Jordan fut obligée d'en convenir :

— Non, il n'en a rien fait. Et puis, heureusement pour eux, il est mort.

— Je n'en savais rien, dit son amie.

— Il y a neuf semaines. D'une mort subite. Cela leur a donné une chance.

— De se marier... (C'était incroyable.) ... en moins de neuf semaines ?

— Oh, pas tout à fait ! Mais dans l'intimité, et je vous assure, dans les plus brefs délais, vu les circonstances. Tous les préparatifs sont déjà faits. Ce qu'il y a de sûr, c'est qu'elle le tient.

— Oh ! oui, elle le tient ! laissa échapper notre jeune amie.

Cette pensée l'occupa de nouveau un instant, puis elle reprit :

— Vous voulez dire : parce qu'il a fait jaser autour d'elle ?

— Oui, mais il n'y a pas que cela. Elle le tient encore d'une autre manière.

— D'une autre manière ?

Mrs. Jordan hésita :

— Eh bien, il s'est trouvé compromis.

Son amie s'étonna :

— Comment cela ?

— Je n'en sais rien. C'est une vilaine affaire. Comme je vous l'ai dit, on a retrouvé quelque chose.

La jeune fille la dévisagea :

— Et alors ?

— Tout aurait pu aller très mal pour lui, mais elle a réussi à l'aider. Elle a réussi à récupérer ce qui était perdu. On dit même qu'elle l'a volé !

Notre jeune amie réfléchit de nouveau :

— Mais c'est justement ce qu'on a retrouvé qui l'a sauvé !

Mrs. Jordan ne s'avoua pas vaincue :

— Je vous demande pardon, je suis bien placée pour le savoir.

Sa disciple n'hésita qu'un instant :

— Est-ce par Mr. Drake que vous êtes au courant ? Est-ce qu'ils lui parlent de ces choses ?

— Un bon domestique, déclara Mrs. Jordan d'un ton sentencieux accordé à son air supérieur, n'a pas besoin qu'on lui dise les choses ! Madame a sauvé — comme le font si souvent les femmes — l'homme qu'elle aimait !

Cette fois-ci, notre héroïne mit plus longtemps à se remettre, mais elle finit par retrouver la voix :

— Ah, c'est cela, bien sûr ; moi, je n'en sais rien ! L'important, c'est qu'il s'en soit sorti. Alors, ils ont fait beaucoup l'un pour l'autre ?

— Oui, mais c'est elle qui en a fait le plus. Elle le tient bien.

— Je comprends, je comprends. Adieu.

Les deux femmes s'étaient déjà embrassées et ne réitérèrent pas ce geste, mais Mrs. Jordan raccompagna son invitée jusque sur le perron. Encore une fois, la jeune fille s'attarda, et, bien qu'elles eussent déjà échangé trois ou quatre remarques en descendant l'escalier, elle en revint au capitaine Everard et à Lady Bradeen :

— Que vouliez-vous dire tout à l'heure ? Si elle ne l'avait pas sauvé, comme vous dites, elle ne le tiendrait pas aussi bien ?

— Assurément.

Sur le pas de la porte, Mrs. Jordan sourit en pensant à quelque chose, et parut mordre l'ombre à belles dents :

— Les hommes en veulent toujours à une femme, quand ils lui ont fait du tort.

— Quel tort lui avait-il donc fait ?

— Celui que je vous ai dit. Il faut absolument qu'il l'épouse, vous comprenez.

— Et il ne voulait pas ?

— Pas avant...

— Pas avant qu'elle ait retrouvé le télégramme ?

Mrs. Jordan parut interloquée :

— Il s'agissait d'un télégramme ?

La jeune fille hésita.

— J'ai cru comprendre que c'est ce que vous aviez dit, mais enfin peu importe ce que c'était.

— Oui, peu importe, mais je ne crois pas que ce soit cela.

— Alors elle a mis le grappin sur lui ?

— Oui, elle a mis le grappin sur lui.

La jeune fille était maintenant en bas des marches, tandis que Mrs. Jordan se tenait en haut sur le perron, à moitié enveloppée de brouillard.

— Et quand pourrai-je vous imaginer dans votre petite maison ? Le mois prochain ? interrogea la voix d'en haut.

— Oui, au plus tard. Et quand pourrai-je vous imaginer dans la vôtre ?

— Oh ! bien avant. Après en avoir tellement parlé avec vous, il me semble y être déjà !

Alors un « Au revoir ! » émergea du brouillard.

Un « Adieu ! » y répondit.

Notre jeune amie s'enfonça dans la brume, et après avoir erré sans bien voir où elle allait, elle se retrouva le long du canal de Paddington. Elle distinguait vaguement ce qu'il y avait derrière le parapet, et fit halte un moment, pour plonger sur ce qui s'étendait plus bas un long regard fixe et aveugle. Un agent la dépassa et, un peu plus loin, il s'arrêta, presque indistinct dans le brouillard, et se mit à l'observer. Mais elle ne s'aperçut de rien, perdue dans ses pensées. Elles étaient trop nombreuses pour être dites ici, mais on peut rapporter au moins deux d'entre elles. L'une était qu'il fallait à tout prix que sa petite maison fût prête, non pas dans un mois, mais dès la semaine suivante ; l'autre lui vint au moment où elle s'éloigna : il était étrange qu'une décision pareille lui fût, en fin de compte, dictée par Mr. Drake.

Table des matières

Dans la même collection

Kôbô Abé : *La femme des sables.*
Jorge Amado : *Les deux morts de Quinquin la Flotte.*
Mircea Eliade : *Minuit à Sérampore.*
Farjallah Haik : *L'envers de Caïn.*
J.-L. Herlihy : *Macadam cowboy.*
Yasushi Inoué : *Le fusil de chasse.*
Jaroslaw Iwaszkiewicz : *Les amants de Marone.*
Luxun : *Journal d'un fou* suivi de *La véritable histoire de Ah Q.*
Carson McCullers : *Frankie Addams.*
Carson McCullers : *L'horloge sans aiguilles.*
Henry Miller : *Virage à 80* suivi de *Insomnia.*
Joyce Carol Oates : *Eux.*
Olivia : *Olivia.*
Robert Penn Warren : *Les fous du roi.*
Arthur Schnitzler : *Mademoiselle Else.*
Isaac B. Singer : *Ennemies.*
Isaac B. Singer : *La corne du bélier.*
Junichiro Tanizaki : *Deux amours cruelles.*
Comte Léon Tolstoï : *Un cas de conscience.*
Comte Léon Tolstoï : *La vérité sur mon père.*
Sigrid Undset : *Printemps.*
Ernst Wiechert : *La servante du passeur.*
Virginia Woolf : *La promenade au phare.*
Stefan Zweig : *Amok.*
Stefan Zweig : *La confusion des sentiments.*
Stefan Zweig : *Le joueur d'échecs.*
Stefan Zweig : *Vingt-quatre heures de la vie d'une femme.*

Achevé d'imprimer le 30 août 1982 sur les presses
de l'imprimerie Hérissey à Évreux pour le compte
des Éditions Stock, 14, rue de l'Ancienne-Comédie
à Paris 6e
Dépôt légal : Octobre 1982
N° d'Édition : 4505 — N° d'Impression : 30491
54-33-3248-01
ISBN 2-234-01607-X

H/54.3248.9